KB270394

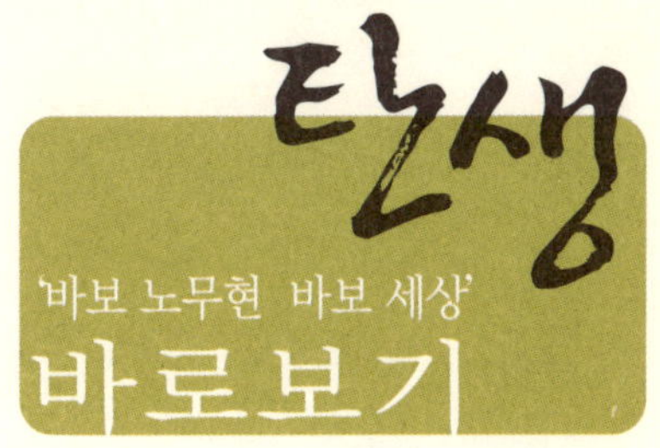

노무현 추모시·추모글 모음

작가마을
도서출판

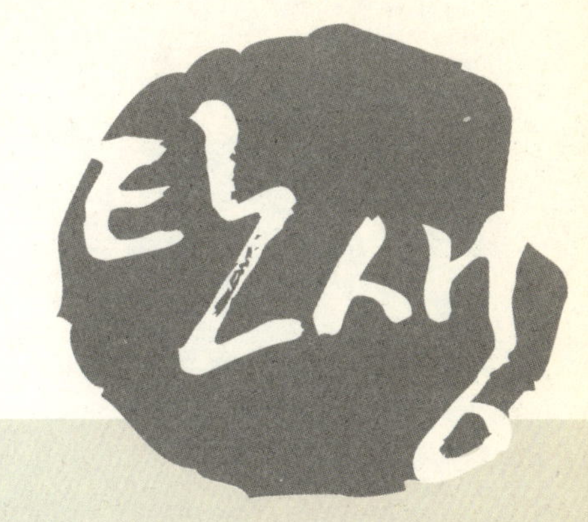

謹　　弔

바보 노무현

당신의 뜻을 잊지않겠습니다.

서울역 발행소에서

유 시 민

열린의 실타래와 분노의 불덩어리를 품었던 사람
모두가 이로움을 좇을 때 홀로 의로움을 택했던 사람
시대가 집지운 운명을 거절하지 않고
자기자신 밖에는 가진 것 없이도
가장 높은 곳까지 올라갔던 사람
그가 떠났다

스무길 아래 바위덩이 온 몸으로 때려
뼈가 부서지고 살이 찢어지는 고통을 껴안고
한 아내의 남편
딸 아들의 아버지
아이들의 할아버지
나라의 대통령
그 모두의 존엄을 지켜낸 남자
그을 가슴에 묻는다

내게는 영원히 대통령일
세상에 단 하나였던 사람
그 사람
노무현

당신은 온 국민의 유채꽃 배웅 속에 떠나셨습니다.

너무 많은 사람들에게 신세를 졌다.

나로 말미암아 여러 사람이 받은 고통이 너무 크다.

앞으로 받을 고통도 헤아릴 수가 없다.

여생도 남에게 짐이 될 일 밖에 없다.

건강이 좋지 않아서 아무 것도 할 수가 없다.

책을 읽을 수도 글을 쓸 수도 없다.

너무 슬퍼하지 마라.

삶과 죽음이 모두 자연의 한 조각 아니겠는가?

미안해하지 마라.

누구도 원망하지 마라.

운명이다.

화장해라.

그리고 집 가까운 곳에 아주 작은 비석 하나만 남겨라.

오래된 생각이다.

— 故 노무현 대통령 유서

아! 이 서글픔을 당신은 아는가?

대통령 할아버지,
　　부디 하늘나라에서
편안히 쉬세요.

－ 배윤정 (동래초등학교 1학년)

'님'이 가셨다.
사랑하는 '님'이 가셨다.

당신은 사랑하는 연인이나 가족들과는 다른 당신의 '님'이 있었나요?

당신은 진정으로 온몸을 부대끼며 목메어 불러 본 '님'이 있었나요?

너무도 친근하여 그 소중함을 잊고 지내던 어느 날 당신의 '님'이 떠났습니다.

당신은 당신의 '님'이 떠난 뒤에야 비로소 떠나간 '님'의 소중함을 깨닫고

미안함으로, 지금까지 무책임하게 외면해온 부끄러움으로

가는 '님'을 붙잡으려 해도 이미 당신의 '님'은 돌아올 수 없는 강을 건너 묵묵히 사라져갑니다.

이제 당신의 그 '님'이 가시고

당신은 '님'이 남긴 추억과 향기를 찾아 '님'이 머문 곳을 찾아다닙니다.

후회는 아무리 빨라도 늦다는데, 지금 당신과 또 내가,
또 우리가 '님'을 위해 무엇을 할 수 있을까요?

　　대한민국 정치역사에서 가장 큰 족적을 남긴 노무현 전 대통령의 투신자살은 우리 국민들에게 실로 놀라움과 분노와 부끄러움을 안겨준 전대미문의 사건이었다. '국민의 대통령', '힘없는 서민의 손으로 창출한 우리의 대통령'이었던 노대통령의 서거는 슬픔 그 자체였다. 지난 국민장기간동안 봉화마을을 비롯하여 전국에 마련된 빈소를 찾은 추모객은 약 500만명이 넘었다. 장례식이 끝나고도 매일 봉화마을을 찾는 사람들이 수천 명이다. 주말이면 수만 명이 다녀간다.

　　한 전직 대통령의 죽음을 국민들이 이토록 애도하는 정서는 어디에서 비롯되는 것일까?

　　물론 그에 대한 연구는 훗날 역사학자들이 잘 기술하겠지만 죽어 이토록 많은 사람들을 움직이게 만드는 노무현 전 대통령의 '힘'은 대단하다고 할 수밖에 없다. 결국 그 힘은 대한민국의 대통령으로서 비록 여러 정치상황 등으로

성공을 거두었다고 자부할 수는 없겠지만, 이 땅에 살고 있는 民心을 잘 읽고 있는 대통령이었다는 또 하나의 반증인 셈이다.

　노 전 대통령께서 서거하시고 전국의 추모인파 속에서 우리 문학인들의 '추모시'와 '추모글' 들이 신문지면이나 추모행사장 등에서 많이 발표되었다. 우리는 전직 대통령의 서거도 충격이지만 국민의 마음을 대변하여 표출시킨 문학인들의 글들이 아주 소중한 역사적 통분의 자료적 가치를 두고 있다고 판단하여 몇몇 문학인들이 자발적으로 모여 추모문집을 펴내기로 하였다.

　그러나 이 책을 준비하는 동안 상상 외의 추모열기가 번지면서 상업성을 염두에 둔 추모관련 책을 여러 곳에서 준비하는 바람에 봉화마을에서는 "책 출간시 사전협의를 해달라"고 공지를 할 정도로 염려스러워했다. 기획위원들은 우리의 작업이 오히려 노전대통령의 선명성에 누를 끼칠까 싶어 중단하고자 하였으나 이왕 시작한 것이니 마무리를 잘 짓자는 의견들을 모아주어 계속 작업을 마칠 수 있었다.

　본 책의 글들은 대다수가 이미 발표된 글들이다. 추모시는 문단에서 활동하는 시인들 중심으로 엮었으며 추모글은 문인들 외에

도 신부님과 대학의 교수님 글들이 포함되었다.

특별한 모양을 보여주려는 것이 아니라 순간의 국민적 정서를 대변해놓은 역사적 기록들임을 독자 분들께서 인식해주시기를 당부 드린다.

다시 한 번 노무현 전 대통령의 영전에 머리를 조아린다.

2009년 6월 15일
노무현 전 대통령 추모문집 기획위원회

✳ 차 례 ✳

지켜주지 못해 너무 너무 …
미안합니다.

당신은 가고 우리들은
새롭게 태어났습니다.

강은교	송유미
권경업	송 진
김준태	신경림
김진경	신정민
김용락	안도현
김태수	오인태
류명선	오창헌
박관서	이설영
박구경	이응인
박노해	정소슬
박윤규	정춘근
박재율	최기종
배재경	최영철
서규정	한창옥
	현미숙

당신의 눈썹에 박혀있는 흉터, 초롱불처럼

- 노무현 전 대통령의 靈前에

강은교

그때

저는 이끼 낀 쇼핑백을 들고 있었습니다

그때

당신이 '상록수' 노래를 부르며 어둑어둑한 세상과 싸우고 계실 때.

그때

저는 잿빛 불평만 중얼거리고 있었습니다

그때

당신이 행렬의 처음에 서서 빛나는 어깨띠를 추스르고 계실 때.

당신이 훨훨훨훨 민주의 자전거를 달리고 계실 때.

그때

저는 떨어지는 빗방울만 바라보고 있었습니다

그때

당신이 결코 찢어지지 않는 우산을 만들고 계실 때.

그때

저는 흐린 역사의 그림자나 후벼파고 있었습니다

그때

당신이 사라지는 별들을 모아 모든 굳건한 벽에 노란 풍선으로 매달고 계실 때.

그때

저는 마음대로 안되는 세상에 대고 삿대질만 하고 있었습니다

그때

당신이 고향의 흙들에 살풋살풋 생명의 김을 쐬어주고 계실 때.

그때

저는 저만치 서 있는 사랑의 뺨을 바라보고만 있었습니다

그때

당신이 사랑의 긴 어깨를 쓰다듬고 계실 때.

길이 길을 만든다네, 사람이 길을 만들고 저기 지나가네, 라고 외치고 계실 때.

그럼요, 죽음은 삶이지요, 암요, 삶이지요

거기 하늘은 어떠신지요? 사람사는 세상이 보이시는지요? 시간의 아이들이 하늘 우러르는 모양, 보이시는지요?

당신의 눈썹에 박혀있는 흉터, 초롱불처럼 광장의 이마들 위에 켜졌습니다

이제

당신은 이겼습니다, 역사가 시간에 업혀 당신에
게 담배를 물리고 있으니

솟아오르소서, 또 다른 삶으로 솟아오르소서

우리 모두 민주의 바위 휘도는 솟음이게 하소서

푸른 님이여, 향기로운 님의 잠이여

2009년 5월 푸르른 날에

삼가

:: 강은교

1968년 《사상계》로 등단, 시집 『허무집』, 『빈자일기』, 『벽속의 편지』 외. 산문집 『그물 사이로』, 『우리가 물이 되어 만난다면』, 『허무수첩』 외. 「한국문학상」, 「현대문학상」, 「정지용 문학상」 수상. 현재 동아대학교 문예창작과 교수.

묻는 이가 있다면

권 경 업

바보가 되고 싶어 바보를 사랑했다

왜 바보가 되고 싶었느냐, 묻는이가 있다면

놀려먹고 골려먹다가, 지겨우면

잡아먹는다고 겁을 주어도, 피식이

얼굴 가득 하얀 미소로

마르고 곧은 신작로길 놔두고

논두렁 밭두렁 굽은 진창길 제 길 인양

즐겁게 걷는 바보의 모습 좋아서

나도 바보가 되고 싶었다, 말하겠다

떡 하나 주면 안잡아 먹지

떡 하나 주면 안잡아 먹지

줄 떡 없으면 잡아먹혀야 하는

영악해야만 살아남는 참담한 세상

한 번만이라도 바보가 되어보고 싶었다, 말한다면

이미 반은 제정신 아니겠지만, 그래도

바보와 함께, 바보가 되어

봄이 오는 바보들의 나라를 찾아 가고 싶었다

그리운 그 바보들의 나라에서, 얼레리꼴레리

덩굴째 굴러갈 호박처럼, 노란

바보꽃을 피우며 바보처럼 살고 싶었다, 말하겠다

:: **권경업**
산악시인. 1990년 월간 《사람과 산》에 「백두대간」 연작시로 등단. 시집 『녹아버린 얼음 보송이』, 『자작숲 움 틀 무렵』, 『내가 산이 될 때까지』, 『백두대간 1』, 『하늘로 흐르는 강』, 『달빛무게』 외. 사회봉사단체 〈아름다운 사람들〉 대표.

우리들 자신이기도 하는 노무현 대통령!
결코 혼자서는 떠나보낼 수가 없습니다
- 노무현 대한민국 제16대 대통령 영전에

김준태

슬픕니다
오늘은
봉화산 부엉이처럼
밤새도록 울고 싶습니다

님이여
지금 이 땅에
노무현 아닌 사람이 누가 있습니까
갈라진 땅 분단 64년의 한반도―
지금 이 땅에
노무현 아닌 사람이 어디 있습니까

― 갈갈이 찢기고, 여기저기 얻어터진,
온몸에 온 넋에 상처투성이뿐인 오늘의
대한민국 사람은 모두가 노무현입니다!

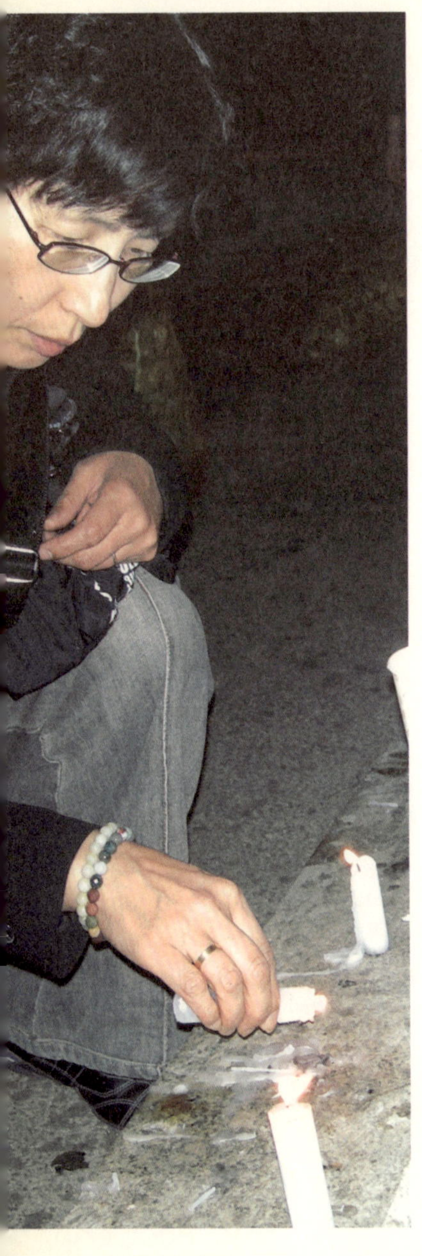

민주주의를 부르짖다가
민족통일을 부르짖다가
자유와 평화와 사랑을 꿈꾸다가
겨울강 얼음짱 밑으로 사라져간
그 수많은 사람들의 푸른 넋들
그 넋들 속에서 태어난 노무현!

남북 삼천리가 갈라지고,
한강과 대동강이 뒤돌아서고,
갓 태어난 아기들의 웃음소리와
흐르는 눈물방울마저 갈라지고,
접시꽃 하얀 꽃향기마저 갈라진,
언제나 앞가슴이 아파오는 한반도
아흐, 우리들 그리운 어머니의 나라!

― 2009년 5월 23일 새벽 5시 30분
봉화산 부엉이도 울음을 그친 그 시각
대한민국 제16대 대통령 예순셋 노무현은
우리들의 내일 속으로 자신을 던졌습니다

아흐, 귀신도 두려워하는 분단시대
김밥처럼 순대처럼 옆구리가 터진
우리들의 슬픈 자화상 노무현 대통령!

수입산 쇠고기덩어리보다 더 붉은
대한민국의 파란만장한 역사 속으로
자신을 던져, 우리들의 잠을 깨웠습니다
거꾸로 돌아가는 시계바늘을 바로 잡고
민주주의와 평화통일의 둥근 그날을 위해

세상의 적막을 깨우친 노무현 대통령!
그대가 역사 속으로 몸을 던졌을 때
처음에 우리들은 한없이 울었습니다
다음에는 두 주먹을 불끈 쥐었습니다
마침내는 서로의 손들을 굳게 잡았습니다

우리들 본래 모습이기도 하는 노무현 대통령!
결코 혼자서는 떠나보낼 수가 없음을 알기에
그래, 우리들 이렇듯 일어서서 나란히 걸어갑니다

봉화산 부엉이마을 고향으로 돌아가는 님이여
우리들의 피와 살, 노래 속으로 다시 출렁여오는
대한민국 제16대 대통령 노무현의 푸른 넋이여!
님은 이제 우리들의 몸속에서 부활하고 있습니다

아흐, 통일의 그날이 오면, 참다운 세상 그날이 오며는
우리들 아름다운 자화상으로 다시 만날 노무현 대통령!
민주주의를 위하여 만세! 한반도 동서남북통일 만만세!
– 오늘은 모두가 노무현대통령을 고운 하늘로 보냅니다.

2009년 5월 28일 밤, 광주 금남로에서 배곡(拜哭)!

:: 김준태

1948년 전남 해남 출생. 1969년 《시인》지로 나옴. 시집으로 「참깨를 털면서」, 「국밥과 희망」, 「불이냐 꽃이냐」, 「칼과 흙」, 「지평선에 서서」 외. 산문집 「시인은 독수리처럼」. 「전남문학상」, 「현산문학상」, 「광주문학상」 수상.

당신의 아름다운 사랑은
왜 이렇게 말해질 수밖에 없었는가?

김 진 경

국민이 나라의 주인이라는 상식

그 국민에 못 배우고 힘없는 이들도 당연히 포함된다는 상식

그 작고 아름다운 상식이 왜 이렇게 말해질 수밖에 없는가?

대통령도 국민의 한 사람이라는 상식

물러나면 평범한 국민의 한 사람으로 평화롭게 살 수 있다는 상식

그 작고 아름다운 상식이 왜 이렇게 말해질 수밖에 없는가?

법이 모든 국민에게 공정해야 한다는 상식

법이 파당의 이익을 위해 봉사해선 안 된다는 상식

그 작고 아름다운 상식이 왜 이렇게 말해질 수밖에 없는가?

당신은 늘 불편한 노무현이었습니다.

그 작고 아름다운 상식을

당신 자신과 우리들에게 가혹할 정도로 요구했기 때문입니다.

당신은 늘 외로운 노무현이었습니다.

그 작고 아름다운 상식을

편리함을 위해 너무도 쉽게 저버리는 우리들 속에서
당신은 늘 바보 노무현이었습니다.

당신의 존재는 운명적으로
국민이 나라의 주인이라는 상식
그 국민에 못 배우고 힘없는 이들도
당연히 포함된다는 상식을 말하고 있었습니다.
그래서 당신은 늘 두려운 노무현이었습니다.

잘 나고 힘 있는 소수가
사실상 모든 걸 결정하고 이끌어야 한다고 믿는 사람들은
늘 당신의 존재를 두려워했습니다.
당신의 존재 자체를 지우고 싶어 했습니다.
그런 작고 하찮은 상식을 끝까지 품고 가는 사람은 이 세상에 없는 거라
고
헛된 희망은 품지 말라고
뙤약볕에 밀짚모자를 쓰고 환하게 웃는
평범한 농부 노무현의 모습마저 지우려 했습니다.
아, 그리고 당신을 불편해하는 우리들의 침묵이
마침내 당신을 벼랑 끝에 세우고 말았습니다!

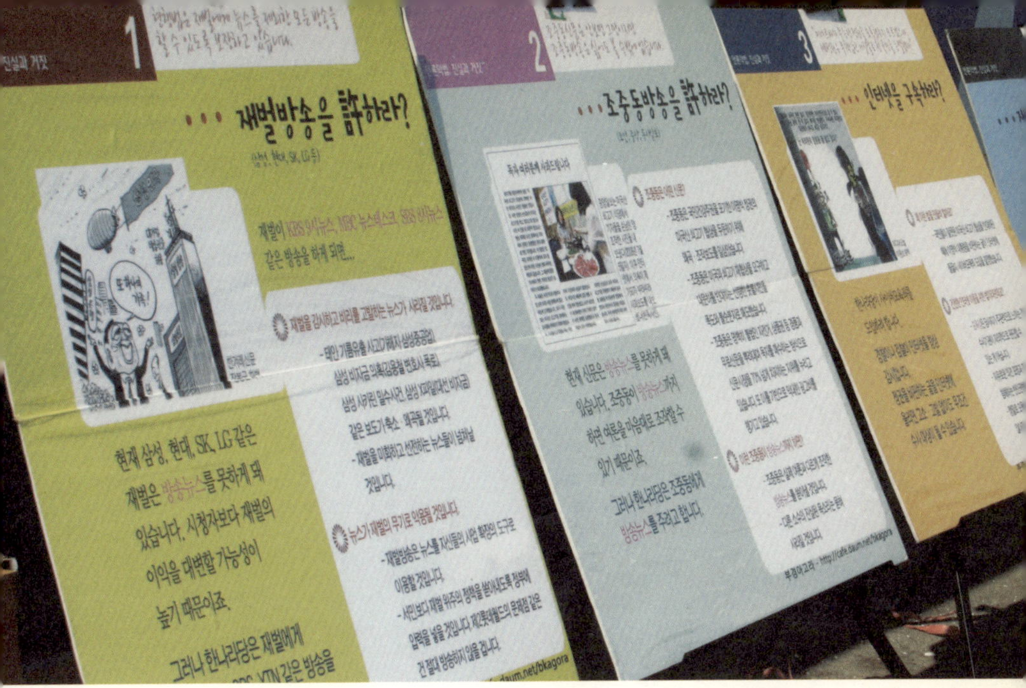

당신은 대한민국을 너무도 깊이 사랑했으므로

칼날이 되어 들어오는 법의 이름을 부정하지 않았습니다.

그 칼날 앞에서 그 작고 아름다운 상식을 말할 수 있는 방법은

그리하여 당신에게 죽음뿐이었습니다.

여기 아직 희망이 있다고 말할 수 있는 방법은

그리하여 당신에게 죽음뿐이었습니다.

아, 늘 불편한 노무현!

나태해지는 우리의 어깨를 두드리는 죽비소리로

다시 살아오소서.

아, 늘 외로운 노무현!
그 작고 아름다운 상식을 위한 싸움이야말로
가장 외롭고 힘든 싸움이라고
우리의 어깨를 토닥여주는 따뜻한 손길로
다시 살아오소서.

아, 바보 노무현!
그 작고 아름다운 상식이 꽃피는 나라로
다시 살아오소서.
우리들이 반드시 이룰 터이니
그 아름다운 나라로 다시 오소서.

아, 당신의 아름다운 사랑은

정말

이렇게

죽음으로 말해질 수밖에 없었는가!

* 5월 30일 노무현 전 대통령 장례식 광화문 노제 때 낭송시.

:: **김진경**
　1974년 《한국문학》 신인상 등단. 2005년 대통령비서실 교육문화비서관 역임. 시집 『갈문리의 아이들』, 『광화문을 지나며』, 『우리시대의 예수』 외. 장편소설 『이리』, 청소년소설 『굿바이 미스터 하필』, 창작동화 『개구리 삼촌』 외. 2006년 프랑스 독자가 뽑은 아동청소년문학상인 「앵코립티블상」 수상.

영혼이 선한 목수
- 고 노무현 전 대통령을 추모하며

김 용 락

오늘 한 시대의 양심이 추락했다

오늘 한 시대의 진실한 정의가

바위에, 땅 바닥에, 나뭇가지에 부딪혀

산산조각이 났다

찢어진 살점과 피와 뼈, 눈물로 튀어 올라

다시 꽃으로 피어나고 있다

무수한 꽃망울로 벙글어 부활하고 있다.

일찍이 나의 스승 권정생은

정치는 비정한 것이라고 말 한 바 있다

상대를 거꾸러뜨리지 않으면

자신이 거꾸러진다고 말 했다

인류의 스승 魯迅 선생도 말한 바 있다

물에 빠진 개는 두들겨 패야한다고

그러나 당신의 순수는 결코

그 개를 두들겨 패지 못했다

'노무현 가치'를 이 지상에 탄생시킨
당신은 원칙적으로 옳았다
가난하고 못난 변두리 인생들의 벗을 자처한
당신의 고뇌는 빛났다
당신의 맑은 영혼은
강물처럼 온 누리에 넘쳐흘렀다
오월의 노란 민들레꽃
한 송이를 이 세상에 피워 올렸다

빈농의 아들, 고졸, 인권 변호사,
비타협, 원칙주의자인
그런 당신을 나는 사랑했다
그런 당신을 나는 믿었다

당신은 철저한 비주류였다
비주류는 언제나 옳다
비주류는 언제나 선이다

그러나 당신은 현실에서는 부분적으로 오판했고
때론 미숙하기도 했다
어찌보면 영혼이 선한 서툰 목수였는지도 모른다
그러나 결국 원론에서 언제나 당신은 옳았다

추위에 떨고 있는 장삼이사에게
제대로 된 집 한 채를 선물하기 위해
당신은 우리 곁에 온 것인지도 모른다
생계의 비바람 속에서
민초들이 몸을 숨길 온전한 집 한 채를
짓기 위해서 우리 곁에 왔다가
그렇게 홀연히 간 것인지도 모른다

그런 당신이 온몸을 던져
우리에게 주려고 했던 것은 무엇인가?
오월 찔레꽃이 만발하던 때에

논둑가 개구리가 잉태의 꿈을 꾸던 때
앞산의 뻐꾸기가 소리 높여 울던
그 오월 어느 날에
당신이 우리에게 남긴 것은 무엇인가?

오늘밤에도 부엉이바위 위로
밤하늘의 별들이 영롱하게 빛나는데
미워하지 않겠다
원망하지도 않겠다
그러나 그냥 그렇게 운명으로만 돌리기엔 너무 아쉬운 사랑
잊지는 않겠다 당신을

* 2009. 5. 28 고 노무현 전대통령 대구시민 추모제(대구 2.28공원) 낭송시

:: **김용락**
1984년 창비신작시집 시집 『마침내 시인이여』로 등단. 시집 『푸른별』, 『기차소리를 듣고 싶다』, 『시간의 흰
길』, 『단촌역』 외. 평론집 『민족문학 논쟁사 연구』, 『예술과 자유』 외. 현, 대구민예총 회장, 경북외국어대학
교 교학처장.

노무현 전 대통령님, 편히 잠드소서
부산민주시민협의회 동지회
故 노무현 前 대통령 범시민추도대회(28일. 9시. 부산역 광장)
故 노무현 前 대통령 추모시 촛불행사 (28일. 7시30분. 서면 쥬디스태화)
故 노무현 前 대통령 추모 부산시민위원회

부엉이

김 태 수

더딘 밤이다
참으로 더딘 밤이다
갑갑하여 숨을 쉴 수 없는 밤이다

지천地天은
쥐새끼들 씨나락 까먹는 소리뿐이다

봉화산에서 부엉이 날다
부릅뜬 눈, 갈퀴 발톱 세우고
쥐의 목덜미로 수직 하강하다

먼동 트다
드디어 빛나는 우리들의 아침.

:: **김 태 수**
1978년 시집 『북소리』로 등단. 시집 『황토마당의 집』, 『농아일기』, 『베트남, 내가 두고 온 나라』, 『겨울 목포
행』 외. 현재 울산화진초등학교 교장.

부엉이 눈알처럼

류 명 선

내 귀한 삶, 사십 대의 꽃같은 청춘 던져서
어떻게 얻은 자유와 민주인데
너거들 맘대로 잃어버린 10년이라고
하는 짓거리 보면서 내 그럴 줄 알았다.
온 만방에 촛불이 나부끼고
그 촛불 물대포로 아무리 짓밟아도
꺼지지 않는 영원불멸의 혼불 인 걸
왜 모르느냐
착한사람, 바보같은 사람 때려잡아놓고
킬킬대며 우쭐거리는 이 어둠속에
멍든 가슴 또 동백꽃처럼 멍들어놓고
온통 타버린 얼굴에 와락 피눈물 솟는다
시장터에서 쓰레기도 치우고
기막힌 세상 고생 다해서
서민들 아픈 맘 너무 잘 안다더니
그래, 기껏 그거냐
이 겨레의 모든 고통을 짊어지고
스스로 떠나야했던 그 심정 생각하면
부엉이 눈알처럼 둥그렇게 떠오르는

정말 바보같은 사나이 그 이름 노무현.

그대 뿌린 한 줌의 재가

못난 이 백성들 가슴에 촛불되어 활활 피고 있다.

:: 류명선
1983년 무크지 《문학의 시대》 제1권으로 작품 활동. 시집 『고무신』, 『반골』, 『사는 게 장난이 아니다』 외.
경남매일신문 문화부장 역임.

노짱과 함께

박관서

한 사내가 고발당했다
먼지털이개처럼 흔들렸다

흔드는 손과 흔들리는 손의
팽팽한 오선지 위로
많은 이들의 꼭두 세워진 그림자가 지나갔다

그래, 가벼운 것들이 먼저 흔들린다
흔들려, 가라앉거나
창문 밖으로 밀려 나가
깨진 계란자국으로 남는다

하지만 아는가, 흔들리고 흔들려 스스로
먼저 흔들려 밀려나는 이들의
맨얼굴을

몸서리치는 불면의 어둠 속
부엉이 바위 위의 뜨거운
눈빛을

밤꽃내음 풍기는 얼굴로

언제나 나는 아니고 나는 아니고

나는 아닌, 그대들은 모른다

한 사내가 고발당했다

호랑가시나무처럼 단단해졌다

:: 박관서
전북 정읍출생, 1996년 《삶, 사회 그리고 문학》 신인추천. 시집 『철도원 일기』. 1997년 제7회 「윤상원문학
상」 수상. 한국작가회의, 리얼리스트 100 회원.

나비구름으로 부활한 이여

- 노무현 대통령 영전에

박 구 경

너무 많이 울었습니다 너무 많이 울어서 그 눈물들이 수많은 나비가
되어 춤을 춥니다 당신은 그렇게 거대한 나비구름에 휩싸여 있습니다

당신은 청년이었습니다 찬란한 가난이 당신을 벌거숭이로 키웠으니
식은 보리밥도 하루 지난 시장기도 볼 깊은 미소였습니다 이를 악물었으
나 악의가 없는 당신이었고 사람 사는 세상을 향한 이맛살에 주름이 깊
어지기 시작한 당신은 바로 청년이었습니다

당신은 남자였습니다 당신은 남자였고 오빠였습니다 힘 있는 것들의
치기와 폭력으로부터 우리가 희롱 당하고 있을 때 온몸으로 나는 오빠
다! 하고 나서는 남자였습니다

아스팔트 위에서 공장에서 폭압의 전제 앞에서 당당히 힘없고 가난한
우리를 위한 당신은 희생이었습니다 자신의 뼈가 부러지는 줄도 모르고
불의에 맞섰습니다 너는 뒤로 물러서 있으라는 어머니 말씀에도 기어코
땡볕 한복판에서의 남성성은 아름다웠습니다

당신은 아버지였습니다 뚝심밖에 없는 당신은 황소였습니다 저녁이면 식구들의 끼니를 마련해 오던 아버지였습니다 온갖 수괴들의 이빨 앞에서도 묵묵히 맞서던 당신은 일소였습니다 온갖 짐승들이 당신을 에우고 물어뜯을 때도 당신은 그저 바보 같은 아버지 소였습니다

당신은 진정 대통령이었습니다 이 나라 가장 훌륭한 전사 대통령이었습니다 옳은 것을 옳게 하고 그른 것을 그르다 말 할 줄 아는 당신은 적진 한복판에 외로이 뛰어든 의인이었습니다 그러나 당신은 바보 대통령이었습니다 큰 걸음의 일소였습니다 그래서 소의 눈은 당신을 닮아 그렇게 아름다운 것입니다

그리고 당신은 돌아왔습니다 '아, 기분 좋다!' 며 돌아왔습니다 육신과 영혼을 짓밟히고 뜯긴 채 단 하나의 일소로 땅에 돌아왔습니다 자전거를 타고 논두렁을 달리던 밀짚모자 쓴 일소로 돌아왔습니다 권위 하나 없이 크게 웃으며 사람의 손을 막 잡는 돌아온 당신이었습니다 찾아온 손님들 앞에서 노래 한 자락 시원하게 뽑아주던 당신은 진정 우리의 청년! 우리의 아버지! 우리의 대통령이었습니다!

그러나 이제 당신은 눈물이 되었습니다 생의 마지막 목을 죄는 쇠사슬을 스스로 풀었습니다 그래서 우리는 하염없이 웁니다 자신의

가죽과 울음과 살코기마저 이 시대의 식량으로 내던졌습니다 당신은 우리 모두를 울리고도 가슴 깊이서 빠져나갈 수 없는 슬픔으로 떠나시려 합니다 당신은 우리들의 죄악인 커다란 쟁기를 끌고 저기 떠나가고 있습니다

부디 부디 부디... 영면하시길 바랍니다 미리 손을 내며 성큼성큼 우리를 향해 걸어오는 것만 같습니다 우리들의 청년 대통령이여! 아버지여! 당신을 오래오래 기억하건대 당신의 한과 민주주의의 치욕을 기억하겠습니다 뼈저리게 뼈저리게 당신의 명예를 되찾아 드리겠습니다 우리의 아버지!

저 푸르른 들을 지키는 스스로 튼튼한 뼈여!

그러나 우리는 너무 많이 울었습니다 너무 많이 울어서 그 눈물들이 수많은 나비가 되어 춤을 춥니다 당신은 지금 그렇게 거대한 나비구름에 휩싸여 있습니다

:: **박구경**
경남 산청 출생. 1996년부터 문단활동 시작. 시집 『진료소가 있는 풍경』, 『기차가 들어왔으면 좋겠다』. 현재 사천보건진료소장.

우리는 '바보' 와 사랑을 했네

박 노 해

오늘은 두 손으로 얼굴을 가리고 웁니다
기댈 곳도 없이 바라볼 곳도 없이
슬픔에 무너지는 가슴으로 웁니다

당신은 시작부터 바보였습니다
떨어지고 떨어지고 또 떨어지면서도
정직하게 열심히 일하는 사람이 잘 살 수 있다고
웅크린 아이들의 가슴에 별을 심어주던 사람

당신은 대통령 때도 바보였습니다
멸시받고 공격받고 또 당하면서도
이제 대한민국은 국민이 대통령이라고
군림하던 권력을 제자리로 돌려준 사람

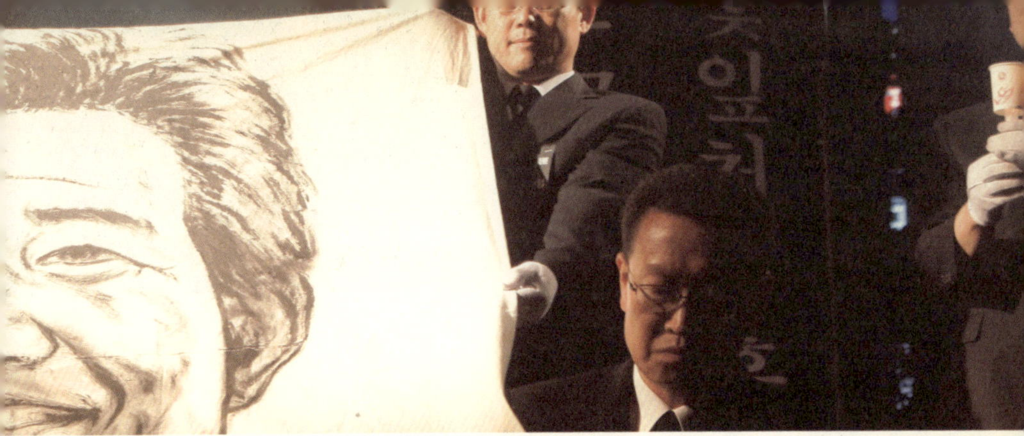

당신은 마지막도 바보였습니다
백배 천배 죄 많은 자들은 웃고 있는데
많은 사람들을 힘들게 했다고, 저를 버려달라고,
깨끗하게 몸을 던져버린 바보 같은 사람

아, 당신의 몸에는 날카로운 창이 박혀 있어
저들의 창날이 수도 없이 박혀 있어
얼마나 홀로 아팠을까
얼마나 고독하고 힘들었을까

표적이 되어, 표적이 되어,
우리 서민들을 품에 안은 표적이 되어
피흘리고 쓰러지고 비틀거리던 사랑

지금 누가 방패 뒤에서 웃고 있는가
너무 두려운 정의와 양심과 진보를

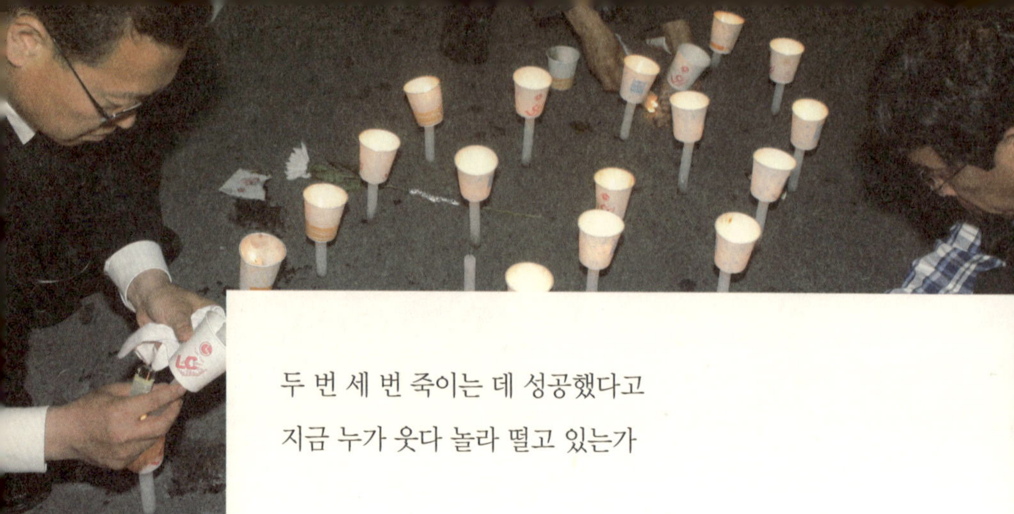

두 번 세 번 죽이는 데 성공했다고
지금 누가 웃다 놀라 떨고 있는가

지금 누가 무너지듯 울고 있는가
"당신이 우리를 위해 얼마나 열심히 인생을 사셨는데"
"당신이 지키려 한 우리는 당신을 지켜주지도 못했는데"
지금 누가 슬픔과 분노로 하나가 되고 있는가

바보 노무현!
당신은 우리 바보들의 '위대한 바보' 였습니다
목숨바쳐 부끄러움 빛낸 바보였습니다

다들 먹고 사는 게 힘들고 바쁘다고
자기 하나 돌아보지 못하고 타협하며 사는데
다들 사회에 대해서는 옳은 말을 하면서도
정작 자기 삶의 부끄러움은 잃어가고 있는데
사람이 지켜가야 할 소중한 것을 위해
목숨마저 저 높은 곳으로 던져버린 사람아

당신께서 문득 웃는 얼굴로 고개를 돌리며

그리운 그 음성으로 말을 하십니다

이제 나로 인해 더는 상처받지 마라고

이제 아무도 저들 앞에 부끄럽지 마라고

아닌 건 아니다 당당하게 말하자고

우리 서럽고 쓰리던 지난 날처럼

'사람 사는 세상'의 꿈을 향해

서로 손 잡고 서로 기대며

정직한 절망으로 다시 일어서자고

우리 바보들의 '위대한 바보'가

슬픔으로 무너지는 가슴 가슴에

피묻은 씨알 하나로 떨어집니다

아 나는 '바보'와 사랑을 했네

속 깊은 슬픔과 분노로 되살아나는

우리는 '바보'와 사랑을 했네

:: **박노해**

전남 함평 출생. 1983년 《시와경제》로 작품활동. 「노동문학상」 수상. 시집 『노동의 새벽』, 『참된 시작』 외. 2000년 사회운동단체 '나눔문화' 설립, 국경너머 분쟁과 빈곤지역에서 평화활동을 펼치고 있다.

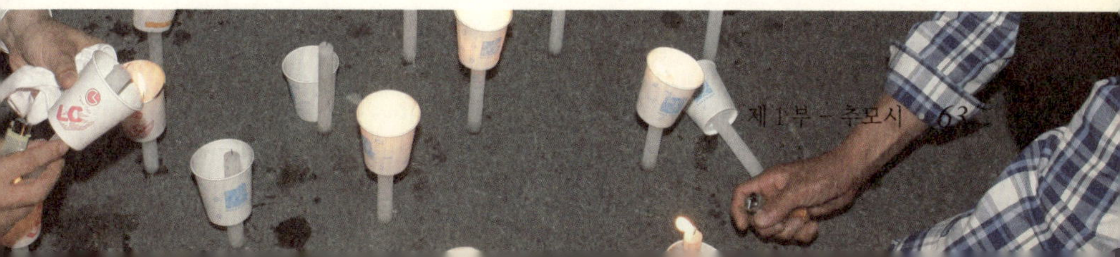

이의 있습니다

박 윤 규

다시 오월입니다
큰 꽃이 뚜욱 떨어졌습니다

텅빈 하늘이 아름답습니다
이의 있습니다
지상의 풀들을 나부끼게 하는 바람에게도
이의 있습니다
거꾸로 가는 시간에 대하여
이의 있습니다
다만 국민에게 머리 숙이신 당신
이의 있습니다

세상을 똑바로 건너가겠습니다
울지 않겠습니다

:: **박윤규**
경남 남해 출생. 《시작업이후》로 작품활동. 《주변인과 시》 편집주간 역임. 시집 『몽블레르의 작은 술집』, 『빗
살무늬토기에 대한』, 『우둔한 답장』 외.

마침내 바위가 되네

– 노무현님을 그리며

박 재 율

그 바위 위에는

무엇이 서성이고 있을까

흰색, 검은색, 보라색, 회색까지 교복의 소년 소녀들이

국화 한 송이씩을 들고

고개를 숙이고 눈물을 훔치고

품었던 국화를 다 내어준 바위는

대나무처럼 비워내고 더

꼿꼿해지고 싶었을까

그 바위 밑에는

무엇이 쪼그리고 있을까

봄에서 여름으로 여름에서 가을로 가을에서 겨울로, 또 봄으로

가는 길목에서

늘 눈이 시린 아저씨 아줌마들이

국화 한 송이마저 놓지 못하고 발을 구르고

안았던 국화를 다 내려놓은 바위는
한 겨울 나무처럼 말라서 더
탱탱해지고 싶었을까

그 바위 속에는
무엇이 들어 있을까

멍하고, 해맑고, 푸르고, 깊은 먼 길을
돌아온 할아버지 할머니들이
국화 한 송이조차 들지 못하고 무릎을 꿇고

감쌌던 국화를 다 던져놓은 바위는
섬으로 달려가는 물길처럼 깊게 눕고 싶었을까
하늘을 터뜨리는 새처럼 퍼덕이고 싶었을까

그 바위 위에서 한 불꽃이,
그 바위 밑에서 한 뿌리가,
그 바위 속에서 한 사람이,

텅 빈 포효로

모두를 깨우네

마침내 바위가 되네

:: **박재율**
前 부산참여자치시민연대 사무처장, 2004년 《작가와 사회》 작
품발표 등단. 시집 『마지막 연애의 순간』 현재 (사)지역경영연
구소 소장, 신라대학교 행정학과 겸임교수, 부산분권시민연대
공동대표 등.

유채꽃으로 다시 태어난 당신

배 재 경

1.
당신이 떠나고 많은 사람들이 울분과 통곡으로 밤을 새웁니다.
당신이 불 지핀 온 국민의 심장들이 활활 뜨겁게 타오릅니다.

어찌하여 그대는 홀연히
우리에게 '화해' 라는 화두만 던져두고 가셨나요.
그대가 던져놓은 '화해' 의 화두는 지금도 유효한가요?
저 모리배의 시정잡배들에게도 '화해' 는 가능한가요?
아! 당신이 던져놓은 화두는 아직도 아득히 멀기만 한데-----
그대는, 그대는 어디로 가셨나요?

그리움이 깊어지면 병이 듭니다.
그리움이 사무치면 죽고만 싶습니다.

당신 없는 이 세상을 무엇으로 대신하리까?
그립고 보고픈 당신 없는 이 세상을 이제 어떡해야 합니까?

당신이 떠나고 점점이 돌이켜보니
나는 당신을 위해 아무것도 한 일이 없습니다.
당신이 난해한 퍼즐같은 대한민국의 정치를 풀려고 밤을 세울 때
난 한줄 시를 쓴답시고 도회 뒷골목을 배회하였을 뿐
당신처럼, 당신처럼———,
난 아무런 행동도, 저항도, 분발도 하지 않았다는 것을 ————,
이제 사 고백합니다.

당신없는 이 땅에서 비로소 흐느낍니다.

2.

당신이 우리에게 통한과 회한의 소용돌이를 심어주고 떠나시던 날
당신은 가시는 게 아니라 우리에게 돌아오고 있었습니다.

'열망'과 '죄스러움'으로 무장한 수백만의 유채꽃들이
당신이 가는 길과 언덕과 광장을 메웠습니다.
노랗게 노랗게 피어나는 저 유채꽃들의 반란
질경이처럼 질긴 민주의 유채꽃들이 그대 가는 길,
아니 그대 오시는 길에 마중 나와
더욱 화사한 꽃을 피웠더랬습니다.

당신은 가셨지만,
당신이 꽃피운 노오란 유채꽃들은
당신이 가고 오신 그 길가에 우뚝 선채
더욱 노오란 꽃망울들을 피워내고 있습니다.

아! 당신은
가신 게 아니라 유채꽃으로 다시 탄생하신 것입니다.
허물어지고 부수어져 대책없는
우리들 가슴 속으로 당신이 피운 노오란 유채꽃들이
오늘도 화사히 화사히 피어납니다.

그 속으로 당신의 바보같은 웃음이 번져납니다.

당신의 뜨거운 탄생 앞에서

고개 숙입니다.

:: 배재경
경북 경주 출생. 1994년 계간 《문학지평》 등에 작품을 발표하며 문단활동 시작. 시집 『절망은 빵처럼 부풀고』

봉화

서 규 정

그는, 우리 역사상 최고의 스턴트맨이 아니고

배우도 아닌 대통령이었어

봉화산 부엉이 바위에 올라 몸 던지기 전에

얼마나 외로웠을까

이상과 가치, 그것참 피 말리는 작업이었을 거야

오월에도 벼랑 끝에선 낙엽이 진다

그러니 모멸이 우리 삶의 길잡이인가

담배 연기라도 깊이 빨아 동글동글 내 뿜고 싶었을 거야

봉화

거기 한 사람이 지나갔네, 속 쓰리게도 빈속이었을 거야

:: **서규정**
　전북 완주 삼례 출생. 1991년 경향신문 신춘문예 등단. 시집 『황의의 정거장』, 『하체의 고향』, 『직녀에게』, 『겨울 수선화』 외.

바보 불佛 되어라
– 전 노무현 대통령에 대한 헌시

송유미

저 세상도 이 세상과 마찬가지로,

바보 중에 가장 진정한 바보가 대통령이 되겠지.

그래야 천상에서도 위민정치가 베풀어 지겠지.

가만히 생각하면, 속세도 성속도 저승도 하나 이겠지

한 사람이 바보처럼 가고 또 한 사람 바보처럼 가고

또 한 사람이 대통령으로 태어나도,

이 지구상에는 인구 수가 늘어나도,

정말 진실한 바보 하나는 줄어 들었겠지.

바보로 사는 거 가장 잘 사는 거라고 말은 쉽게들 하지만,

바보가 되기 위해 공부하고 바보를 낳고 바보와 결혼하기는 어렵다.

바보들이 힘을 합해 바보 대통령을 만들고

바보 같이 이 세상을 태평성대 바보같이 다스리기도 어렵다.

그래도 바보들은 바보들만 알아 본다.

바보들이 사는 세계는 피를 보는 혁명은 없다.

그냥 하루 하루 바보처럼 웃어주는 게 바보들의 기쁨이다.

대통령이 되어서까지 바보처럼 살다보면

머리 좋은 바보들, 공부 많이 한 바보들

머리 속이 팽이처럼 돌아가는 정치꾼 바보들에게

판판이 알아도 모르는 척 바보답게 당했겠지.

그래도 개똥밭에 굴러도 이승이 낫다는데

바보처럼 개똥밭에 바보들과 어울리는 것이 낫지 않았겠니?

저승도 이승과 똑 같은 사람 사는 세상!

차라리 내세에는 바보불佛이 되어라!

:: 송유미
    서울 출생. 《심상》 신인상, 경향신문 신춘문예 등단. 시집 『파가니니와의 대화』, 『허난설헌은 길을 잃었다』 외.

노란 길

송 진

노란 깃발이 사라진 길 끝에서
그대를 생각합니다

빨간 보도블록 왼쪽 화단 속에
사철나무 하얀 꽃이 소복처럼 피었습니다

함박꽃 미장원 오른쪽 화단 속에
치자나무가 꽃상여처럼 흔들립니다

그대는 목란꽃 무궁화꽃 둘러싸인 봉하마을에서
손녀와 얼음과자 먹는 꿈 꾸셨지요

부엉이 바위 그늘 아래 꽃들의 고단한 하루 잠시 쉬어가기를 원하셨지요

꽃은
밤이면 자연의 조각이불을 덮고 잠시 잠이 들 것입니다
그러나 새벽이면 자전거 페달을 더 뜨겁게 밟을 것입니다

치자 꽃 굵은 주름 속에 핀 그대의 향기로운 웃음
이 땅의 아이들 그 향기로 피어날 것입니다

그대는 진정한 시인이며 진정한 정치가이며 진정한 대통령이었습니다

그대는 우리의 순결한 꽃입니다

이제 마음의 짐을 내리고
편안히 쉬시기를 간절히 기원드립니다

:: 송 진
1999년 계간 《다층》 제1회 신인상으로 등단. 시집 『지옥에 다녀오다』

당신은 부활, 그 찬란한 부활
– 前 대통령 노무현님 영전에

신 경 림

당신은 부활하고 있습니다
거리와 골목과 광장을 뒤덮은 흐느낌을 타고
당신의 눈이 되살아나고 꿈이 되살아납니다
말이 되살아나고 노래가 되살아납니다

당신의 아픔을 우리는 안다고 말하지 못합니다
당신의 외로움 당신의 괴로움을 안다고 말하지 못합니다
아무도 원망하지 말자고 아무도 미워하지 말자고
그 말의 참뜻을 우리는 안다고 말하지 못합니다 하지만
그 말들을 타고 당신은 부활하고 있습니다

아름다운 나라를 만들자던 그 뜻이 살아나고
살기 편한 세상을 만들자던 그 꿈이 살아납니다
백만 천만의 울음을 타고 발 구르며 우는
통곡을 타고 당신은 부활하고 있습니다

당신을 향하여 날아들던 그 에리한 칼날들을
당신을 향하여 퍼부어지던 그 저주의 말들을

다 잊으라는 그 말씀의 깊은 뜻도 우리는 알지 못합니다

그러나 압니다 그 칼날 그 말들을 안고

거꾸로 당신이 되살아난다는 것을

온 나라를 새로운 활기로

가득 채우면서 당신은 부활하고 있습니다

아름다운 나라 살기 좋은 세상

당신의 꿈은 이루어집니다

거리를 메운 사람들의 눈 속에서 되살아나면서

주고받는 말 속에서 되살아나면서
서로 굳게 쥔 주먹속에서 당신이 되살아나면서

당신은 부활하고 있습니다
모든 것을 안고 저 세상으로 가는 대신
모든 책임을 떠안고 저 세상으로 가는 대신
십자가를 지고 손에 박힌 못을 어루만지며
지금 우리 앞에 부활하고 있습니다

육천만 당신을 사랑하는 사람들
육천만 당신이 사랑하는 사람들과 더불어
힘차게 부활하고 있습니다

한 줌의 재로 돌아가면서도
아름다운 나라 살기 좋은 세상을 만드는
당신의 부활, 아 찬란한 우리들의 부활!

:: **신경림**
충북 충주 출생. 1955년 《문학예술》로 등단. 시집 『농무』, 『새재』, 『달넘새』, 『남한강』 외. 산문집 『민요기행
1~2』, 『시인을 찾아서』 외. 「만해문학상」, 「한국문학작가상」, 「이산문학상」, 「단재문학상」, 「호암상」 등을 수
상. 현재 동국대학교 석좌교수.

누수

신 정 민

엄마는 나를 불러 물이 새는 곳을 찾으라 했다
썩은 나무 사다리를 타고 옥상에 올라가
이리저리 금이 간 바닥에 방수액을 펴 발랐다

검은 곰팡이가 핀 엄마의 방

비가 내렸다
물이 새는 곳을 막지 못했는지
엄마는 다시 나를 불러 물이 새는 곳을 찾으라 했다

흘러내리고 있는 벽
빗물이 떨어지는 엄마의 방

한 번 새기 시작한 물길은 잡기 어려웠다
실낱같은 빗금까지 다 틀어막았는데도
빗물이 흘러들었다

장마가 시작된 내 가슴에도

뚝, 뚝 물이 새고 있다

:: 신정민
전북 전주출생. 2003년 부산일보 신춘문예 등단. 시집 『꽃들이 딸국』

고마워요 미안해요 일어나요

안 도 현

뛰어내렸어요, 당신은 무거운 권위주의 의자에서
사람이 사람답게 사는 세상으로

뛰어내렸어요, 당신은 끝도 없는 지역주의 고압선 철탑에서
버티다가 눈물이 되어 버티다가

뛰어내렸어요, 당신은 편 가르고 삿대질하는 냉전주의 창끝에서
깃발로 펄럭이다 찢겨진, 그리하여 끝내 허공으로 남은 사람

고마워요, 노무현
아무런 호칭 없이 노무현이라고 불러도
우리가 바보라고 불러도 기꺼이 바보가 되어줘서 고마워요

아, 그러다가 거꾸로 달리는 미친 민주주의 기관차에서
당신은 뛰어내렸어요, 뛰어내려 으깨진 붉은 꽃잎이 되었어요
꽃잎을 두 손으로 받아주지 못해 미안해요
꽃잎을 두 팔뚝으로 받쳐주지 못해 미안해요
꽃잎을 두 가슴으로 안아주지 못해 미안해요

저 하이에나들이 밤낮으로 물어뜯은 게
한 장의 꽃잎이었다니요!

저 가증스런 낯짝의 거짓 앞에서 슬프다고 말하지 않을래요
저 뻔뻔한 주둥이의 위선 앞에서 억울하다고 땅을 치지 않을래요
저 무자비한 권좌의 폭력의 주먹의 불의 앞에서 소리쳐 울지 않을래요
아아, 부디 편히 가시라는 말, 지금은 하지 않을래요
당신한테 고맙고 미안해서 이 나라 오월의 초록은 저리 푸르잖아요

아무도 당신을 미워하지 않잖아요

아무도 당신을 때리지 않잖아요

당신이 이겼어요, 당신이 마지막 승리자가 되었어요

살아남은 우리는 당신한테 졌어요, 애초부터 이길 수 없었어요

그러니 이제 일어나요, 당신

부서진 뼈를 붙이고 맞추어 당신이 일어나야

우리가 흐트러진 대열을 가다듬고 일어나요

끊어진 핏줄을 한 가닥씩 이어 당신이 일어나야

우리가 꾹꾹 눌러둔 분노를 붙잡고 일어나요

피멍든 살을 쓰다듬으며 당신이 일어나야

우리가 슬픔을 내던지고 두둥실 일어나요

당신이 일어나야 산하가 꿈틀거려요

당신이 일어나야 동해가 출렁거려요

당신이 일어나야 한반도가 일어나요

고마워요, 미안해요, 일어나요,

아아. 노무현 당신!

* 5월 29일 노무현 전 대통령 장례식 서울 광화문 노제 낭송시.

:: **안도현**

　경북 예천 출생. 동아일보 신춘문예 등단. 시집 『서울로 가는 전봉준』, 『모닥불』, 『바닷가 우체국』, 『그리운 여우』 외. 『시와시학 젊은 시인상』, 『소월시문학상』, 『노작문학상』, 『이수문학상』, 『윤동주 문학상』 수상. 현재 우석대학교 문예창작과 교수.

나, 그리고 당신에 대한 반성문
- 고 노무현 전 대통령의 영전에 바침

오 인 태

당신이 그렇게 가시고

충격의 나날이었습니다.
눈물의 나날이었습니다.
고통의 나날이었습니다.
분노의 나날이었습니다.

그런 날들을 보내고

나는 이제 차분히
내 충격과 눈물과 고통과 분노의
이유를 헤아려봅니다.

나는 왜 당신의 죽음에
그토록 총 맞은 듯한 충격에 휩싸여야 했던가요.
그건, 내 안에서 당신이란 존재가 일시에 사라져버린
낭패감과 상실감 때문이었던 것 같습니다.
당신을 이미 까마득히 잊은 줄 알았는데,

당신은 내 안에 고마운 당신으로 엄연히 살아있었던 것입니다.

그러면, 나는 왜 당신의 죽음에

그토록 하염없이 눈물을 흘려야 했던가요.

그건 내 안의 당신을 까닭 없이 미워하고 외면했던

부끄러움 때문이었던 것 같습니다.

당신을 이미 멀리 떠나보낸 줄 알았는데

당신은 내 안에 미안한 당신으로 엄연히 살아있었던 것입니다.

그러면, 나는 또 왜 당신의 죽음에

그토록 찢어지는 고통으로 몸부림쳐야 했던가요.

그건 내 안의 당신을 내가 야속하게 버렸다는

자책감 때문이었던 것 같습니다.

당신을 이미 미련 없이 버린 줄 알았는데,
당신은 내 안에 알뜰한 당신으로 엄연히 살아있었던 것입니다.

그러면, 나는 또, 또 왜 당신의 죽음에
그토록 주체할 수 없는 분노를 느껴야 했던가요.
나는 당신을 잊었지만
나는 당신을 버렸지만
나는 당신을 떠나보냈지만
내 안에 엄연히 살아있는
참 고마운 당신
참 미안한 당신
참 알뜰한 당신
그런 당신을 누군가가 죽였다는 사실을
결코 용서할 수 없기 때문이었습니다.

아, 그렇습니다.
내가 잊은 당신
내가 버린 당신
내가 떠나보낸 당신
누군가가 죽인 당신
아니, 내가 죽인 당신
당신은 바로 내 자신이었습니다.

내게서 떠나고서야

비로소 이렇게 내 안에 다시 살아나신 당신

비열하고 잔혹한 세상에 죽임을 당하고서야

마침내 우리 앞에 당당하게 살아나신 당신

살아 넘실대는 수많은 당신

아, 영원한 당신

* 고 노무현 전 대통령 진주시민추모제 낭송시

:: **오인태**
경남 함양출생. 1991년 《녹두꽃》으로 작품활동. 시집 『그곳인들 바람불지 않겠나』, 『혼자 먹는 밥』, 『아버지의 집』 외. 현재 경남작가회의 회장, 초등학교 교사.

부엉이

오 창 헌

그리움은 커다란 부엉이 눈처럼 커지는 것

애잔해질수록 가슴에는 커다란 눈망울이 자꾸 걸려

멍울 터뜨리는 눈가에 맑은 집 한 채 지었다지

울분이 일면 종이비행기 날리며 울부짖었다지

덕수궁 담벼락 서울시청 광장

봉하마을 논바닥이든 어디든

가슴을 쥐어뜯는 거리 곳곳

그저 미안하다 미안하다

리본을 달고 쪽지를 붙이며

한 줄 한 줄 아로새겼다지

노오란 멍울 짙어질수록

가슴 한 복판 쥐어짰을

김해 봉화산 부엉이

밤에 더욱 애잔해지는 것은

마른 물줄기 타고 흐르던

푸른 강을 기억하기 때문이지

노오란 촛불이 서글피 타는 것은

봉화산 부엉이바위보다 강한

부엉이 울음소리 들었기 때문이지

커다란 부엉이 눈망울을 리본처럼

가슴에 달았기 때문이지

:: **오창헌**

부산출생. 1997년 「공단문학상」 시부문 당선. 1999년 《울산작가》로 작품 활동. 《울산작가》 편집주간 역임. 공
저에 『한국의 지역문화』 등. 「울산사랑詩노래회」 대표.

5월의 슬픈 무궁화

이 설 영

몰랐습니다
그토록 외로운 민중의 노래를
홀로 부르셨다는 것을 ——
이렇게 뒤늦게 당신을 위해
촛불을 드는 무심함의 우리를 용서하소서

권력의 마성에
검게 물든 자들과 맞서 싸워야 했던
고독한 투쟁의 길 끝에
끝내 떠나야만 했던 5월 어느 날
무궁화꽃은 모두 시들어 떨어지고
힘없는 서민의 터전은
통한의 눈물바다가 되었습니다

기타 반주에 맞추어
그리 잘 부르던 상록수도
국민이 대통령이다
외치던 민중의 노래도

이제 다시 들을 수 없음에
슬픔만 가득 밀려옵니다

혼탁한 이 하늘 아래
그 누가 또다시 우리를 위한
노래를 불러주겠습니까

진정 이 땅 위해 세상에 다녀간 이
이제 없으니 이 나라를 어찌하오리까

언제부터인지
청와대 태극기는 점점 병들어갔습니다
송두리째 뽑아다가 봉하마을에 세워두고
진정한 평화의 깃발 되게 하여
당신의 투혼과 함께 힘차게 펄럭이게 하고 싶습니다

그 고귀한 절규의 눈물이
해마다 찬란한 5월의 깃발이 되어 펄럭일 때면
우리도 허전했던 당신의 가슴에 촛불을 밝혀 드리겠습니다

살아생전 못다 이룬 꿈 대신
홀연히 떠나신 역사의 뒤안길에서
부디 그토록 사랑했던 이 나라와
많은 사람들에게 평화의 빛을 비춰주소서.

:: **이설영**
2003년부터 작품활동. 시집 『인연하나 사랑하나』

숙제 하자

이 응 인

혼자 떠나게 내버려 두어서
가슴 아프다고
지켜 주지 못해 미안하다고
이제 그만 울자.

우리가 울고 있는 동안
국제중도 특목고도 가지 못한
우리 아이들은
사람 축에도 못 끼게 되었다.

우리가 가슴 치며 애가 닳을 때
번득이는 기계 삽날은
4대강의 심장을 헤집어
강은 끙끙 앓고 있다.

이건 아닌데 정말 아닌데 하는 동안
용산 철거민들의 넋은
아직도 불타고 있고

시급 삼천 원에 매달려 살던 이웃 아주머니는
갈 곳이 없어졌다.

경제를 살린다더니
세계 최강 인터넷이
갑자기 불순한 매체가 되고
경제를 살린다더니

광장에는 자물통이 채워졌다.

경제를 살린다더니

부자들 세금이 줄었고

경제를 살린다더니

재벌 상속이 늘었고

아, 경제를 살린다더니

신문 재벌에 방송을 안겨 주는구나.

경제를, 경제를 살린다더니

지들만 사는구나.

이제 그만 울고

숙제 하자.

가슴에 묻어 놓은 숙제

이번만 참지

다음에 하지

더 미루지 말고

그만 울고, 숙제 하자.

:: **이응인**
1987년 무크지 《전망》으로 작품활동. 시집 『투명한 얼음장』, 『따뜻한 곳』, 『천천히 오는 기다림』, 『어린 꽃다지를 위하여』. 현재 밀양 세종중학교 교사.

꽃이 된 당신

정소슬

꽃이 된 당신

숨소리 되어 내 심장으로 들어선 당신

피톨이 되어 내 혈기를 일으키는 당신

그래요, 이제 일어설래요 바닥이 너무 차요

발바닥이 얼.얼.얼 얼어붙고 있어요

발바닥과 머리의 간극이 점.점.점 멀어지고 있어요

이러다 우리 모두 슬픈 미라가 될지 몰라요

이대로 우리 영영 아픈 화석이 될지 몰라요

이제 정말 일어설래요

이제 정말 뛰어다닐래요

凍土로 변한 저 광장을 마구 뛰어다닐래요

당신의 숨소리와 당신의 피톨로 마구마구 뛰어다닐래요

마구마구마구 뛰어

이 몸과 이 땅과 그대 멈춘 심장을 녹일래요

저 광장에 꽃이 되피고

벌 나비 자유로이 넘노닐 때면 그 속에 함께 어우러져

환한 미소를 보내고 계실,

우리의,

영영 꽃이 된 당신.

:: **정소슬**
   울산 출생. 울산작회의에서 작품활동. 시집 『내 속에 너를 가두고』, 『흘러가는 것이 어디 강물뿐이랴』

포괄적 대통령

정 춘 근

코걸이가 귀걸이 되는
내가 사는 나라에서는
법 위에 포괄적이 존재 하네

죄형법정주의이고 나발이고
포괄적 뇌물죄면 상황 끝인 나라
포괄적 혐의에 언론이 개처럼 짖는 나라
이 정도면 막가자는
포괄적 협박 아니라 우기는 반쪽 나라

포괄적 하늘
포괄적 땅
포괄적 사람들이
포괄적 사랑을 하고
포괄적인 대통령 서거에도
포괄적으로 침을 뱉는 사람들이
다섯 살짜리 촛불 앞에서는
포괄적으로 발광發狂을 하는 나라

그 포괄적 그물을

한번 펼치면

전직 대통령들도

부자 재벌들도

옴팍달싹 걸려들어

망신망신 패가망신 하는데

바보 노무현
당신의 뜻을 잊지 않겠습니다
바보 노무현
당신의 뜻을 잊지 않겠습니다
사랑해요
당신을 영원히
기억할께요..

포괄적 그물을

관절이 빠져라 던져도

결코 잡을 수 없던

노무현 대통령 당신

간장 종지에

냉면을 담을 수 없는 것처럼

포괄적 의미보다

훨씬 넉넉한 바보라

결국 잡을 수 없었던

우리 대통령 노무현

:: **정춘근**

강원 철원 출생. 1999년 《실천문학》 봄호로 등단. 시집 『지뢰꽃』, 『수류탄 고기잡이』

작은 비석

최 기 종

당신이 가고 나서
내 가슴에
작은 비석 하나 세웠습니다.
미처 깨닫지 못해서
지켜주지 못한 회한의 눈물로
금석문 하나 깊이 새겼습니다.

당신이 가고 나서
우리들 가슴마다
작은 비석 하나 생겨났습니다.
당신의 국민이어서 행복했다고
당신의 주인이어서 위대했다고
광장의 촛불 하나 들었습니다.

그리운 당신이야
바보 대통령이라서
손아귀에 쥔 것 놓았습니다.
무지렁이 농투성이 알아주던
비석 하나 죽어서 살아난다고
한 조각 자연인이 되었습니다.

그리운 당신이야
작은 비석 하나 세워 달라고
그냥 훌훌 털고 떠났습니다.
구름 같은 일곱날 동안
산 자의 복받치는 슬픔으로
온나라 작은 비석 불어납니다.

당신의 훙거는
잠든 비석들 두드리는 죽비였습니다.

하늘도 땅도 인민도 깨어나게 했습니다.
당신, 단기필마로 순백의 고지 오르니
밀알 깨우는 하늬바람 불어옵니다.
거리마다 지신밟기 쓰나미 몰려옵니다.

:: **최기종**
전북 부안 출생. 만경강 동인, 교육문예창작회 활동. 시집 『나무 위의 여자』. 전국국어교사모임 전남회장.

우리의 꿈은 영원합니다
- 노무현 전대통령 가시는 길에

최 영 철

당신과 함께 잠시 그런 세상을 꿈꾸었습니다

사람 사는 세상

사람이 다 주인인 세상

높낮이가 없는 세상

굴욕과 치욕이 없는 세상

사람 위에 군림하지 않는 세상

사람으로 살기만 해도 그저 행복한 세상

멀고도 높은 최고 권력자가 아니었습니다

옆집 그 옆집 수더분한 아저씨와 같았습니다

대통령이라는 말, 대통령이라는 그 엉청난 말이

잘 떠오르지 않는 세상을 꿈꾸었습니다

각하라는 말, 각하라는 그 시퍼런 말이

영영 사라지는 세상을 꿈꾸었습니다

밭고랑 저편 호미 쥔 손 흔들며

굽혔던 허리 한번 쭉 펴고 웃는

대통령 할아버지를 꿈꾸었습니다

똥장군도 져나르고 마음 초입 나무 그늘
동네 아이들에게 중얼중얼 글 읽어주는
대통령 할아버지를 꿈꾸었습니다

아무도 가지 않았지만 이제는 가야할
그 길을 생각합니다
넘어지고 엎어지며 걸어온 당신의 길을 생각합니다
맞서고 넘어서야 했던 당신의 길을 생각합니다

차돌처럼 단단한 권위와 허세를 허물며

얼음처럼 차가운 분열과 질시를 넘어

새롭게 뚫린 길의 저편을 바라봅니다

얼마나 외로운 시간이었습니까

얼마나 무거운 짐이었습니까

얼마나 두꺼운 벽이었습니까

당신이 뿌린 꿈은 우리 가슴 속에 영원합니다

사람 사는 세상

사람이 다 주인인 세상

높낮이가 없는 세상

굴욕과 치욕이 없는 세상

사람 위에 군림하지 않는 세상

사람으로 살기만 해도 그저 행복한 세상

우리 모두의 꿈은 영원합니다

:: **최영철**
경남 창녕출생. 무크지 《지평》과 한국일보 신춘문예 등단. 시집 「호루라기」, 「일광욕하는 가구」, 「그림자 호수」 외. 「백석문학상」 수상.

찔레꽃

한창옥

초록의 망토 입고 눈길 주면 빙그르 돌며

와~ 기분 좋다! 활짝 웃던 찔 레 꽃

밭고랑을 디자인 할 줄 알던 찔 레 꽃

시샘 하는 바람에 머리채가 휘여 잡혀

붉은 통증이 되고 아물지 않는 흉터 되어도

연민의 정 일으켜주던 찔 레 꽃

무상의 불꽃 번뜩여도 마냥 슬퍼 보인 눈동자

두 바퀴 자전거에 실려 논두렁길 누비던

탱탱, 퉁퉁, 툭툭, 온통 바보성감대

자기 가슴 쿡쿡 찔러댔을 바보 야생화

온 몸 가시 가득 내려놓지 못하던 찔레꽃

밀짚모자 챙 아래 한껏 몸 낮춘 긴 여정은

산등성이 푸릇한 오월의 새벽

산꼭대기 유년의 덤불 앞에 서서

속울음으로 흥건해졌을 찔 레 꽃

"사람이 지나가네?"

깊이 숨겨둔 서러움을 그 한마디에 내던지고

천 길로 떨어진 찔 레 꽃

붉은 꽃잎이 산하에 산산이 흩어졌을 때

구름도 멈추었다 하늘도 멈추었다

백 만 개의 종이비행기 연기 뿜으며

오월의 푸른 허공을 슬피 날고 있다

초록의 망토 입고 밀짚모자 쓴 사람 저기 가네?

::: **한창옥**
서울 출생. 2000년 시집 『다시 신발 속으로』로 작품 활동. 시집 『빗금이 풀어지고 있다』, 시전문지 계간 《주변인과 시》 편집주간.

천년화

현 미 숙

봉하마을 부엉아 바위에 사는 꽃이에요

어느 날 내가 크게 재채기를 했는데
온 나라에 향기가 피어오르더니
노란 꽃이 피기 시작했어요

내가 힘들 때 난 혼자인줄 알았어요
주위 모든 이들이 등을 돌리고
생명없는 사막으로 가득했거든요
가도 가도 끝이 없고 목이 말라 나도 모르게
자꾸만 시들어 갔어요
그러다 그만 재채기를 했는데
온 나라꽃들이 눈물로
노란 꽃을 피우는 거예요

이상하지요
참 이상하지요

내가 그들이고 그들이 나인 걸
오늘에야 확실히 알았으니까요

나는 오늘도 부엉이 바위에 살아요

2009년 5월 29일

– 바보 노무현님 우린 슬프지 않아요
이미 마음이 함께 가니까요

:: **현미숙**
경기도 가평 출생, 2009년 계간 《주변인》 여름호에 작품 발표후 문단 활동. 동인시집 『사랑의 실타래』 외.

당신은 가장 아름다운 대통령

송기인
이규정
정지창
하성란
정태규
이상섭
정대호
전강수
이응인
장은주
김헌일
배재경

당신은 희망이요 자부심입니다

- 노무현 전 대통령 영전에

송 기 인 (신부)

'삶과 죽음이 모두 자연의 한 조각 아니겠는가'. 마지막 가는 길 남긴 글처럼 이제 당신은 5월의 하늘을 가로질러 자연의 한 부분으로 돌아갔습니다. 1년 3개월 전 고향으로 돌아와 죽마고우들과 오순도순 촌부처럼 살던 당신이 싸늘한 주검으로 누워 있다는 게 도무지 실감이 나지 않습니다. 무엇이 급해 그토록 소원했던 '사람사는 세상 봉하마을'의 꿈을 미처 피우지 못한 채 서둘러 떠났습니까.

우리는 당신의 체취가 밴 봉하마을에서, 서울에서, 대구에서, 광주에서, 대전에서, 전국 방방곡곡에서 당신의 부재를 애석해 하고 허탈해 합니다. 숱한 난관을 뚫고 이루어 낸 빛나는 당신의 삶을 추모하며 잔을 올리고 향을 사릅니다. 하늘도 슬퍼하며 비를 뿌리고 초목들도 한 순간 푸름을 멈춘 채 당신의 죽음을 애달파 합니다. 홀로 외롭고 힘든 길을 떠났지만 당신은 결코 혼자가 아닙니다. 당신을 사랑하고 존경하는, 그리고 오랫동안 당신을 그리워 할 국민들이 너무나 많습니다.

우리는 뒤늦게서야 당신 혼자 고통스러워 했을 삶의 마지막 날들을 짐작하며 눈물을 흘립니다. 전직 대통령으로서 비리혐의로 검찰에 소

환되면서 느꼈을 자괴감과 당신의 동지와 친구가 줄줄이 구속되고 아내와 자녀들에게까지 들이닥친 검찰의 칼끝을 지켜볼 수밖에 없었던 당신의 참담함을 헤아려 봅니다. 당신은 자신의 안위보다도 그들이 겪는 고통에 더욱 가슴 아파했습니다. '나로 말미암아 여러 사람이 받는 고통이 너무 크다'는 마지막 글을 대하면서 우리는 어둠의 심연 속에서 감당하기 힘든 현실을 외롭게 받아들였을 당신을 생각하며 가슴이 아려옵니다.

세상에 홀로 내쳐진 그 절박함, 그 억울함이 얼마나 고통스러웠으면 '책도 읽을 수도 글을 쓸 수도 없다'며 절망했겠습니까.

당신은 모든 것을 끌어안고 다시는 돌아올 수 없는 길을 떠났습니다. 하지만 당신이 우리 현대사에 남긴 너무도 뚜렷한 족적, 누구도 감히 범접하지 못할 업적은 길이 남을 겁니다. 인권변호사 시절 시작된 당신의 정치적 역정은 도전과 좌절의 연속이었지만 언제나 풀뿌리 민중들의 편에 서 왔습니다. 끝내는 국민과 함께 민주정치의 승리를 맛보았고, 그것은 우리에게 희망이자 자부심이기도 했습니다. 당신의 삶은 도전의 연속이었습니다. 고질적 지역주의 타파와 지역 균형발전 등 새로운 질서를 모색했고, 남북의 평화와 공존을 위해 혼신을 다해 앞

장서며 우리 정치를 한 단계 더 성숙시켰습니다. 권력과 자본의 그늘에 주눅이 든 국민들에게 따뜻한 미소와 허물없는 어투로 소통을 했던 최초의 대통령이기도 했습니다.

이런 당신이 기득권 세력으로부터 미움을 당한 것은 어쩌면 필연적이었을지도 모르겠습니다. 보수정치권과 보수언론은 국민들이 뽑은 대통령, 당신을 처음부터 흔들어댔습니다. 하지만 당신은 기득권 세력에 의해 만들어진 비민주적 사회구조를 개혁하기 위해 온몸을 던졌습니다. 권력기관을 멀리하며 권위주의를 타파했고 경제적 재분배를 위해 애를 쓰며 부유층의 투기놀음을 잡았던 것은 우리 정치사에선 기적 같은 일이었습니다. 기득권 세력과 불화하면서 이 땅의 온전한 민주주의를 위해 모든 것을 감수했던 당신이, 이제 다시 과거회귀를 획책하는 음울한 그림자 아래서 그동안 힘겹게 쌓아올렸던 가치들이 '잃어버린 10년'으로 매도당하고 허물어져 가는 것을 지켜보면서 얼마나 고통스러웠을지 미루어 짐작해 봅니다.

중도 성향의 어느 학자는 당신의 죽음을 "역사의 후퇴이자 한국 정치풍토의 구조적 책임"이라고 말했습니다. "검찰 수사는 전직 대통령

을 망신 주는 방향으로 기획됐고 살아 있는 권력은 120% 목표를 달성
했다"며 집권세력과 보수언론 모두 당신을 코너로 몰았다고 강조했습
니다. 이제 우리는 당신이 왜 극단적 선택을 할 수밖에 없었는지 짐작
하며, 이 땅에서 악순환되어 온 정치권력의 보복행위가 왜 끊어져야
하는지를 깨닫습니다.

언제나 우리의 든든한 이웃이었고 동지였던 노무현 전 대통령. 당
신의 서거가 역사 현장에 남기고 간 의미를 찬찬히 되새겨 봅니다. 당
신이 죽음으로서 지키려 했던 소중한 가치인 민주주의와 정의, 인간존
엄의 의미를 되새겨 봅니다. 우리는 당신의 가식없는 웃음과 소탈했던
대화를 오랫동안 기억할 것입니다. 이제는 갈등 없는 하늘에서 깊은
고뇌를 내려놓고 편히 쉬소서.

:: 송기인
신부 · 전 「진실과 화해를 위한 과거사정리위원회」 위원장

노무현 전 대통령의 서거를 애도함

이 규 정 (소설가, 부산민주항쟁기념사업회 이사장)

내가 노무현 전 대통령의 서거 소식을 들은 것은 5월 23일 오전 9시 50분경 전철 안에서였다. 나는 그날 범어사 밑의 어느 식당에서 있은, 어떤 모임의 정기총회에 참석하기 위해 가고 있었다. 그런데 손전화가 울려 받았더니 소설가 ㅅ 선생이 이 비보를 전하는 것이었다. 정신이 하나도 없었다. 모임에서 내가 어떤 발언을 했는지, 어떤 인사말을 했는지 지금도 기억에 없다. 이날 회무의 총책임을 인계받은 사람인데도 지금까지 이 모임의 어떤 사람도 만나지 못했고, 어떤 일도 처리하지 못하고 있다. 그 사이 설령 시간이 좀 생겼다고 해도 어떤 일도 손에 잡히지 않았기 때문이다.

나는 노사모 회원도 아니고, 인간 노무현을 평소에 좋아한 편도 아니었다. 변호사란 사실만 빼면 나는 그를 그리 인정할 만한 게 없었다는 게 솔직한 고백이다. 그렇게 보고 있던 그에게 나는 눈길을 보내게 되었는데, 그게 지난 시절 유월항쟁 현장에서였다. 물론 언제나 멀리서 지켜봤을 뿐이다. 당차고 용기 있고 할말 다하는 그를 나는 새롭게 봤던 것이다. 그러다 국회의원에 당선된 이후의 행보에서는 큰 감동을 받았다. 특히 '바보' 라는 소리를 들을 정도로 우직하게 소신을 굽히지 않는 결단에서 많은 것을 느꼈다. 지역감정의 해소를 위해 손해를 뻔히 알면서도 몸소 자신을 던진 것을 나는 지금도 대단히 높이 평가하고 있다.

그 시절, 나는 나이로 봐도 나보다 열 살 이상 아래였지만 참으로 그로부터 많은 것을 배우고 공감하고 있었다. 나도 나름대로는 지역감정의 척결이야말로 우리 영호남, 아니 전 국민이 진정으로 하나 될 수 있는 유일하고도 시급한 첩경임을 알고 있었기 때문이다. 그의 소박하고도 진솔한 언동을 일부 세평은 학력의 부족에 의한 경솔로 치부하고 있었지만 내가 볼 때는 결코 그렇지 않았다. 경솔한 게 아니고, 간사한 계산이 없는 진실 그 자체였다. 간사하지 않기 때문에 그는 항상 자신에 넘쳤다. 나는 늘 그렇게 보았다. 그의 말씨의 어디가 그렇게 잘 못됐는지 나는 지금도 알지 못하고 있다.

그래서 대선에 출마한 그를 열렬히 지지했고, 당선이 됐을 때는 혼자 쾌재를 불렀고, 대통령에 취임할 때는 추운 날씨에 건강이 좋지 않은데도 혼자 서울까지 가서 취임식장의 한 귀퉁이에 자리를 배정받고 앉아 그의 취임사를 경청했다. 취임식 참석차 서울로 가는 전세 버스 안에서 여러 사람들을 처음 만났고, 그 뒤로 그들과 친하게도 되었다. 지금 생각하면그때가 나에게는 참 행복한 시절이었다. 아마 대통령인 그에게도 그랬을 것이다.

그러나 그가 대통령이 된 뒤에는 갈수록 인기가 떨어졌다. 일부 신문의 영향이 컸다. 불행한 일은 그런 신문들을 많은 국민들이 애독하고 있는 일이었고, 어디에서나 사람들은 그를 동네북 치듯 마음 놓고 비방했다. 특히 내가 사는 이곳 부산은 더욱 그러했다. 나의 주변 사람 열이면 아홉은 모여 앉으면 항상 그를 헐뜯고 욕했다. 나에게 모임인들 좀 많고, 내가 만나는 사람인들 좀 많은가. 그런데 만나는 사람 대부분이 그를 비판하고 욕함으로써 나를 화나게 했고, 더러는 내가 싫어하는 줄 알고 삼가기도 했지만, 나는 대개 사면초가였다. 그러니 나는 그들이 좋다가도 미워졌고, 친하다가도 멀리하고 싶어졌던 게 사실이다.

그가 국정 수행 중에 탄핵을 받았을 때는 누구보다 안타까워하면서 그 감정을 졸작 단편에 나타내어 『창비』에 발표하기도 했다. 그러다 내가 서울의, '민주화운동 기념사업회' 부이사장('부산민주항쟁기념사업회'의 이사장이어서 맡은 직분) 자격으로 청와대에 초청되어 가서 처음으로 그와 악수를 나누면서 눈길을 맞추었다. 내가 그를 알고 호감을 가진 것을 생각하면 한참이나 늦은 해후였다. 그 뒤 부산 롯데호텔에서 있은 무슨 큰 행사에 그가 참석했고, 나도 참석했는데, 그는 이날 먼발치에서도 나를 알아보고 큰 미소로 눈인사를 보내 주었다.

그러다 퇴임 직후인 작년 3월, 그는 민주공원을 방문했는데, 계단

아래까지 영접을 나간 나에게 그 특유의 웃음으로 손을 내밀면서 말했다. "이사장님은 여전하시네요?" "어서 오십시오. 대통령님 내외분의 민주공원 방문을 진심으로 환영합니다." 그날 공원 밑의 어느 식당에서 오찬을 하면서 짧은 시간이었지만 뜻 깊은 대화를 나누었다. 앞으로 고향에서의 그의 생활에 대한 꿈이었다. 그는 잘사는 농촌, 모범 농촌을 한 번 만들어보고 싶었던 것이다.

작년 가을, 부산의 몇몇 인사들과 함께 초청을 받고 봉하마을로 가서 다시 그를 만났다. 그 날도 많은 이야기를 나누다 만찬을 하게 되었는데, 그는 이날 "이명박 대통령은 자기 소신대로 일할 수 있지요. 그렇게 하기를 바랍니다." 라고 했다. 이명박 대통령이 압도적인 지지로 대통령이 된 사실을 염두에 둔 말이리라 생각했다. 그는 그날 시종 담담한 표정에 미소를 잃지 않았다. 이명박 대통령이 잘한다, 잘못한다는 표현은 일절 하지 않았다.

그런데 그런 그가 갑자기 세상을 떠나버렸다. 그러자 평소에 그를 욕하고 헐뜯던 많은 사람들이 남 먼저 봉하마을을 다녀오고, 슬픈 표정을 지으며 눈물을 글썽거린다. 그런 사람들이 원망스럽기도 하고 한편 고맙기도 한 것이 요즘의 나의 심정이다.

이 나라는 지금 거대한 먹구름이 하늘에 낮게 뒤덮인 상황에 있다. 이 먹구름이 세찬 비바람으로 변하기 전에 시국이 안정을 되찾고 질서가 잡히기를 간절히 바란다. 그의 갑작스런 서거는 우리에게 말할 수 없는 충격과 슬픔을 안겨 주었는데, 그 충격과 슬픔은 어디에서 유래하는 것일까. 파렴치한 기득권자들의 오만과 독선, 잔인하고 비인간적인 압박이 그로 하여금 세상을 등지게 한 것임을 우리는 알고 있다. 그러나 나는 그의 유언을 잊지 않기로 했다. 누구도 원망 말고 미워하지 말자고. 운명이니까.

그러나 생각하고 싶다. 잊어서는 안 된다고 생각하고 싶다. 우리가 그의 죽음에서 본 것은 단지 한 인간 노무현의 죽음, 전직 대통령의 죽음만이 아니란 사실. 이 나라 민주주의의 죽음, 우리가 과거에 피와 땀을 쏟아 쟁취한 고귀한 자유와 인권의 죽음이란 사실, 권력자 내지 소수의 가진 자들에 의해 강요당한 민초들의 죽음이란 사실을. 그래서 우리는, 전직 대통령 노무현과 참여정부의 공과를 떠나, 그의 죽음을 한국 민주주의의 또 다른 종말을 예고하는 상징적 사건으로 받아들여 지금 전전긍긍하고 있다고 생각한다.

지난 1월의 용산 참사에서 억울하게 숨겨간 사람들과 이번에 우리 곁을 떠나간 노무현 대통령은 모두 같은 진실을 우리에게 말없이 증언

하고 있다는 사실도 생각한다. 아니, 노무현 대통령의 죽음 앞에서 그토록 많은 사람들이 슬퍼하고 눈물짓는 것 자체가 바로 이 나라 민주주의가 독재로 후퇴하고 있다는 사실을 웅변으로 증거하고 있다고 생각한다. 우리는 이 충격적인 일들이 앞으로 어떤 비극을 더 불러올지 전전긍긍을 넘어 어떤 공포를 느낀다. 그렇게 생각한다.

바라건대 이명박 정부는 자신을 대통령으로 선출해준 국민들을 더 이상 실망시키지 말고 더 겸손하고 낮은 자세로 국민들의 소리에 귀를 기울여야 할 것이다. 그리고 지난 반세기 동안 민주화 투쟁을 통해서 이룩한 이 나라의 민주적 제도와 정치문화를 더 이상 무용지물로 폐기하지 말기를 간절히 바란다. 또 정권의 안정을 기한다는 핑계로 국민의 기본권을 심각하게 훼손하고 있는데, 정부 조직과 검찰·경찰·국세청 등 핵심 권력기구들을 정권의 도구로 만들어 정치적 반대자들을 짓밟고 억누르고 있는 일도 하루속히 중단하기를 바란다.

하늘에 낮게 깔린 짙은 먹구름이 세찬 비바람으로 변하기 전에 나라가 안정을 되찾고 평화롭게 되기를 간절히 바란다.

:: **이규정**

경남 함안 출생. 1977년 단편 「부처님의 멀미」로 작품 활동 시작. 소설집 「당신 손에 맡긴 영혼」, 「퇴출시대」, 「멀고도 먼길」 외. 장편소설 「먼땅 가까운 하늘」 외. 저서 「현대소설의 이론과 기법」 외. 「부산시문화상」, 「요산문학상」, 「한국가톨릭문학상」, 「PSB부산방송 문화대상」, 「가톨릭대상」 등 수상. 현재 (사)부산민주항쟁기념사업회 이사장.

노무현과 그의 시대를 보내며

정 지 창 (영남대학교 독문과 교수)

고전비극의 주인공은 보통 사람보다 우월한 인간, 즉 왕이나 장군, 반인반신의 용사들인데, 이들은 타고난 운명의 거역할 수 없는 힘에 의해 비극적인 최후를 맞는다. 외디푸스왕이나 햄릿 왕자, 발렌쉬타인 장군은 모두 고귀한 신분과 준수한 용모, 고매한 인품, 만부부당萬夫不當의 용맹을 타고났으나 한 순간에 영광의 절정에서 치욕의 나락으로 추락하고 만다. 이러한 추락의 낙차가 클수록 관객이 느끼는 공포와 연민의 강도는 증가한다.

비극의 주인공들이 자아내는 미적 정서는 흔히 숭고미와 비장미로 규정된다. 이상의 세계를 향하여 비상하다가 현실의 장벽에 부딪혀 추락하는 주인공은 외경과 감동의 정서를 자극한다. 그리고 이러한 숭고미와 비장미는 역사적 인물들의 죽음에서도 나타난다.

국가와 군주에 대한 충성심으로 전사한 이순신과 관운장은 '성웅'과 '군신'으로 추앙되고, 기존의 체제에 도전하다가 처형된 전봉준과 스파르타쿠스는 비운의 혁명가로 미화된다.

그의 비극적 죽음, 시대의 야만성을 증명

그렇지만 노무현의 죽음은 이러한 숭고하고 비장한 영웅들의 죽음과는 다른 의미로 다가온다. 그는 고전비극의 주인공처럼 왕이나 장군, 귀족도 아니고 반인반신의 용사도 아니었다. 강철같은 의지를 가진 혁명가나 카리스마 넘치는 정치지도자, 신출귀몰한 책략가도 아니었다.

가난한 농민의 아들로 대학 문턱에도 가보지 못했으나, 고통받는 이웃에 대한 연민과, 불의와 타협하지 않는 고집 때문에, 인권 변호사로, 바보 정치인으로, 대중의 자발적 지지에 의해 대통령의 자리에까지 올랐다가 다시 농민으로 돌아온지 1년만에 절벽에서 몸을 던진 어수룩한 촌놈일 뿐이다.

따라서 그의 죽음은 비극적이되 그 추락의 낙차는 크지 않다. 왜냐하면 노무현은 결코 신비로운 만년설로 빛나는 절대권력의 봉우리에 올라간 적이 없었고 그저 해발 백 미터의 야트막한 뒷산에 올랐다가 부엉이바위에서 사십 미터 아래 골짜기로 떨어졌을 뿐이니까. 대통령이라는 자리에 앉아 있기는 했으나 무소불위의 권력을 휘두르지 않았고, 휘두를 수도 없었으니까. 기득권 세력은 탄핵으로 그를 무력화시켰고 재벌의 앞잡이인 수구족벌언론은 집요하고 야비하게 그를 씹어

＊＊ 가난한 농민의 아들로 대학 문턱에도 가보지 못했으나, 고통받는 이웃에
대한 연민과, 불의와 타협하지 않는 고집 때문에, 인권 변호사로, 바보 정
치인으로, 대중의 자발적 지지에 의해 대통령의 자리에까지 올랐다가 다시
농민으로 돌아온지 1년만에 절벽에서 몸을 던진 어수룩한 촌놈일 뿐이다.

댔다.

이제 권력은 청와대에서 자본이 지배하는 시장으로 넘어갔다는 대
통령 노무현의 탄식은 수사적 과장이 아니라 정확한 현실진단이었다.

그는 시장의 힘에 떠밀려 한미 자유무역협정(FTA)을 추진함으로써
지지층으로부터 고립되었고, 퇴임 직전 힘겹게 성사시킨 남북정상회
담의 영광도 그의 뒤를 이은 이명박 정권의 무조건적인 '거꾸로/뒤집
기정책'으로 원천무효가 되고 말았다.

우리는 뒤늦게서야 그의 비극적인 추락이 4·19와 5·18, 6·10으
로 얻은 형식적 민주주의의 성과에 안주했던 우리 모두의 탐욕과 나태
와 위선의 결과임을 깨닫는다. 한때 그에게 열광하고 박수를 보내던
서민 대중은 주식과 대운하, 뉴타운으로 떼돈을 벌어볼 욕심에, 이른
바 386세대의 중산층은 자식을 좋은 학교에 보내어 출세시키기 위해,
등을 돌렸다.

민주시민과 노동자, 지식인들은 반대세력을 모질게 짓밟지 못하는
촌놈 노무현의 무력함과, 속내를 너무 솔직하게 드러내는 투박한 언행
을 나무라며 현실정치를 외면하고 한탄만 하다가, 허황한 경제살리기
747공약을 내세운 수구기득권세력에게 민주주의를 헌납하고 말았다.

민주열사 노무현님,
편히 가소서
부산시인연대

사냥개들에 쫓겨 헐떡거리며 살았던 개같은 시대

노무현의 죽음은 그가 살았던 시대의 야만성을 증명한다. 온갖 풍파에도 끄떡없이 버텨온 세련되고 영악한 기득권세력은 재산도 학벌도 없는 시골 출신 대통령의 우직한 정의감을 비웃고 왕따시키는 데서 끝내지 않고, 그가 낙향한 고향 마을까지 따라와 처자식과 친구, 후배들을 샅샅이 찾아내어 끝장을 볼 때까지 괴롭혔다. 물고 뜯고 짓밟고 조롱했다.

약삭빠른 수구족벌신문과 방송은 권력에 빌붙어 알량한 잇속을 챙기려고 온갖 거짓말과 욕지거리를 끝없이 쏟아냈다. 심지어는 소박한 촌집이 '아방궁'으로 왜곡되고, 봉하마을을 찾는 버스에 30만원씩 돈을 준다는 헛소문까지 나돌았다.(나는 1980년대에 전라도 주유소에서는 '김대중 선생 만세'를 외치치 않으면 기름을 팔지 않는다는 유언비어를 대학 교수휴게실에서 들은 적이 있다.) 줄을 풀어준 너그러운 주인한테 버릇없이 대들던 검찰과 경찰은 강퍅한 새 주인이 '물어라 쉭' 하고 줄을 당기자 이빨을 드러내고 으르렁거리며 전 주인이건 누구건 가리지 않고 달려들어 물어뜯었다. 정적을 역적이라고 모함하여 유배를 보내고 후환을 없애기 위해 3족을 멸하여 씨를 말리던 왕조시대의 잔혹한 정치보복의 전통은 여전히 살아 있었다.

토끼몰이를 당하는 고통이 오죽했으면 유서에서 "나로 말미암아 여러 사람이 받은 고통이 너무 크다. 앞으로 받을 고통도 헤아릴 수도 없다"고 비명을 질렀을까. 그들이 악에 바쳐 부르짖던 '잃어버린 10년' 이란 구호는, 민주화의 대세에 밀려 빼앗겼던 기득권을 수단방법을 가리지 않고 되찾아 다시는 내주지 않겠다는 결연한 의지의 표명이었다.

과연, 그들은 '촛불' 로 흔들리는 권력을 놓치지 않으려고 언론과 집회와 표현의 자유, 남북화해, 양극화 해소 등 보편적 가치와 상식에 대한 노골적인 무시와 경멸을 불사함으로써 우리시대를 '인간에 대한 예의' 마저 내팽개친 '야만의 시대' 로 되돌려 놓았다. 이 기막힌 퇴행과 모욕에 맞서 힘없는 농민 노무현이 선택할 수 있었던 것은 일생 동안 추구해왔던 가치를 온몸을 내던져 지켜내는 투신뿐이었으리라.

잘 가시오, 벗이여!

야만의 시대에 우리는 고통을 견디고 치욕을 감수하며 '살아남는 것이 최선의 전략' 이라고 배웠다. 그러나 "하늘을 우러러 한점 부끄러움이 없는" 삶을 추구했던 노무현은 너무도 우직한 촌놈이었기에 "잎새에 이는 바람에도 괴로워" 하다가 마침내 스스로 "삶과 죽음이 한 조

＊＊ 노무현의 죽음은 그가 살았던 시대의 야만성을 증명한다. 온갖 풍파에
도 끄떡없이 버텨온 세련되고 영악한 기득권세력은 재산도 학벌도 없는
시골 출신 대통령의 우직한 정의감을 비웃고 왕따시키는 데서 끝내지
않고, 그가 낙향한 고향 마을까지 따라와 처자식과 친구, 후배들을 샅샅
이 찾아내어 끝장을 볼 때까지 괴롭혔다. 물고 뜯고 짓밟고 조롱했다.

각인 자연"으로 돌아갔다.

1946년 병술丙戌생 개띠. 그가 기득권세력의 사냥개들에 쫓겨 헐떡
거리며 살았던 개같은 시대는 이제 저물고 있다. 탐욕으로 파헤쳐지고
남북분단과 지역주의로 갈갈이 찢긴 산하를 장엄하고 처절한 낙조로
물들이며.

잘 가시오, 벗이여! 같이 태어나 같은 길을 걷다가 먼저 간 동갑내
기 도반들의 이름을 나직하게 불러본다. 화가 오윤, 시인 김남주, 음악
가 문호근, 변호사 조영래 그리고 바보 촌놈 대통령 노무현!

:: **정지창**
전 민예총대구지회장, 저서 「서사극 마당극 민족극」, 「민중문화론」 등. 영남대학교 독문과 교수

작별의 순간, 삶이 반짝였다

하성란(소설가)

'추모의 거리'

이후로 두 번 다시 나는 이런 장관과 만나지 못할 것이다. 세계의 대장관이라고 알려진 그 어떤 풍경 앞에 가 선다고 해도 이처럼 가슴 떨리는 일은 두 번 다시 없을 것이다. 5월 29일 경복궁에서 광화문을 거쳐 서울역으로 가는 길에 나는 두 가지를 목격했다. 놓치지 않고 봐 두려 두 눈을 크게 떴지만 눈물이 앞을 가려 사물들은 종종 희부예지곤 했다.

삶과 죽음이 어떻게 스스럼없이 합쳐지고 상대방에 힘을 보태 서로를 더욱 빛나게 하는지 보았다. 나는 삶이 이렇듯 반짝이는 것인지 몰랐다. 죽음은 삶 때문에 엄숙했다. 그것은 무서움과는 달랐다. 또 하나

눈물과 웃음 또한 한 감정이라는 것도 알았다. 안 그랬다면 웃다가 울고 울다가 웃는 그날의 우리를 어떻게 설명할 수 있을 것인가.

삶과 죽음이 합쳐지고
눈물과 웃음이 하나되고
모두가 손을 흔들었다
2002년 그해 겨울밤처럼

새벽 봉하마을을 출발해 천리 길을 달려왔을 운구 차량을 맞으러 아침 일찍 집을 나섰다. 아홉 시를 넘기자마자 사람들이 하나, 둘 경복궁 쪽으로 운집하기 시작했다. 노란 리본을 받아 머리띠처럼 두르기도 하고 목에 둘러주거나 손목에 묶어주면서 생면부지의 사람들이 이야기를 나누었다. 부산에서 방금 도착했다는 처녀도 있었다. 허리가 기역자로 굽어 지팡이 없인 거동이 불편한 백발노인도 길을 나섰다. 고만고만한 아이 둘을 하나는 걸리고 하나는 유모차에 태운 엄마도 있었다. 임산부도 있었고 팔이 부러져 깁스를 한 어린이도 있었다. 수많은 사람들이 길을 메웠고 발짝을 떼어놓기도 힘이 들었다.

패션 또한 화려했다. 가장 자신 있는 모습으로 노 전 대통령을 보내고 싶어 한 이들은 한껏 치장하고 나섰다. 이 모습을 외국인 몇이 사진에 담았다. 잠깐 전경과 실랑이가 벌어지기도 했다. 효자동에서 광화문 사거리로 난 길 쪽으로는 운구 차량이 통과하지 않는다는 방송이 나오면서부터였다. 사람들은 급히 반대편 길로 건너려 했고 이미 통행금지가 된 사거리에는 전경들이 담처럼 서 있었다. 분통에 찬 남자가 고함을 질렀지만 대개는 차분한 분위기였다.

화단 턱에 나란히 앉은 사람들이 이런저런 이야기들을 나누었다. 옆에 앉은 아주머니가 말했다. 오시는 길을 마중하고 싶었는데 헛짚었노라고. 영결식이 열리는 경복궁 앞뜰이 바로 길 건너로 지척이었지만 그곳에는 초대권을 받은 이들만 입장이 가능했다. "초대권이 있어야만

거기 들어가요"라는 한 아저씨의 지적에 아주머니는 "그럼요, 알지요. 우리 같은 사람에게 초대권이 당키나 해요?" 우리 같은 사람, 그 말이 쓸쓸했다. 아주머니와 함께 광화문 쪽으로 돌아가는 동안에도 머릿속에서 떠나지 않았다. 바로 우리가 좋아했던 그, 그가 그런 사람 아니었나. 나와 다르지 않은 나 같은 사람, 우리 같은 사람. 텔레비전이나 책에서 만나볼 수 있는 사람이 아닌, 우리 주변에서 흔히 마주칠 수 있는 사람. 그런 그의 마지막 길에 초대권을 받은 이들만이 참석하는 영결식이라니. 비좁은 경복궁 앞뜰과 저간의 사정을 다 짐작하면서도 그가 있었다면 다 들어오라고 두 문을 활짝 열었을 거라는 생각은 지울 수 없었다.

2002년 그해 겨울밤을 우리는 기억한다. 바로 이 부근이었다. 그 전날에는 눈이 펑펑 쏟아졌다. 당선이 확실해지면서 여기 어딘가에 섰던 그가 우리를 향해 손을 흔들었다. 노란 띠들이 검은 밤에 휘날렸다. 검은 바탕에 노란 띠를 두른 위험 표지판처럼 강렬하게 우리 머릿속에와 박혔다. 우리는 흥분했고 울먹였다. 무언가를 감지한 어린 딸이 물었다. "좋은 사람이야?" 우리의 사고를 지배했던 이분법적인 사고로는 측정할 수 없는 사람이라고 말해주었지만 딸아이는 알아듣지 못했다.

노무현 대통령님 부디
늘나라에서 편히 쉬시고 부처
님이 당신을 말할꺼고
사에 함을 할 거니다
─동래초등하
─ ⋯39번 배⋯

아프고 힘든 기억를
떨쳐 버리시고
편히 쉬십시오.
⋯는 바로 잡힐 것⋯
국민이여⋯

사랑하고 존경하는 노무현 대통령님.
당신이 있었기에 온 국민들이
안전된 생활을 할수있습니다.
사랑합니다.
존경합니다.
죄송합니다.
고맙습니다.
당신은 언제나항상 제 마음한구석에
서 빛나고 있습니다.
─상일초 김지현 드림.─

하늘에서 큰 별 하나가
떨어지는 것을 보았습니다
누군가 떠나실거
두려히 울었는데⋯
제가 그런 생각을 하니 떠나신거
아닌가
노무현대통령님

당선 발표가 있기 훨씬 전부터 아이는 제 엄마에게서 가족들에게서 어떤 변화가 일어나고 있다는 것을 눈치 채고 있었을 것이다.

나는 여상 출신
내세울 것 하나 없었지만
그가 유일한 '빽'이었다
벌써 나는 그가 그립다

솔직히 이야기하겠다. 나는 여상 출신이다. 그 말을 하는 것이 싫을 때가 많았다. 처음 보는 남자들이 학교 하나로 금방 친해지는 것을 보면 별안간 누군가 내게 출신 학교를 물어볼까 두려워지기도 했다. 대학보다는 회사 생활을 먼저 시작했다. 박봉이었고 용돈을 아끼느라 도시락을 싸 다녔다. 작은 핸드백을 어깨에 메고 도시락이 든 작은 비닐백을 들었다. 나뿐만이 아니었다. 회사로 가는 길에는 그런 어린 회사원들이 많았다. 금방 반찬 냄새가 배고 잘 빠지지 않던 그 비닐백. 뒤늦게 공부를 하느라 대학 시험을 치러야 했을 때는 상과(商科)에 밀려 등한시되었던 국수사과 과목 때문에 밤늦도록 단과 학원에 다녀야 했다. 외국에 나가 있는 친척 하나 없어 방학 때도 해외에 아이를 보낼 수 없다. 말단 공무원 하나 없고 병원에서 일하는 이 하나 없어 순번보다 빨리 입원하는 이들을 보고 부러워한 적도 있었다. 그야말로 나는 혈연, 지연, 학연 어느 것 하나 내세울 것이 없었다.

이력을 묻는 이들에게 여상을 나와 직장에 다녔노라고 말했고 여상 출신이라는 딱지는 아주 오랫동안 내 뒤를 따라다녔다. 동생들은 가난이 자랑이냐고 제발 그 이야기는 하지 않을 수 없느냐고 지청구를 주기도 했다.

그랬기에 노무현 전 대통령의 성공과 절망이 남다르게 다가올 수밖에 없다. 한 번도 만난 적 없지만 나와 비슷한 길을 걸어간 노 대통령이 내 유일한 빽이었다. 아이에게 남들처럼 사교육을 시키지 않는 것도 그 이유였다. 일류 대학을 나오지 않아도 우리는 우리가 되고 싶은 그 무엇이 될 수 있다. 우리는 우리 스스로 신화를 만든다. 그는 내게 믿는 구석이었고 비빌 언덕이었다. 무엇보다 가난은 죄가 아니라는 내 신조를 그대로 밀고 나갈 수 있게 했다. 그동안은 최소한의 양심마저도 속여야 했다.

광화문은 촛불 집회 때 이후로 또다시 차도와 인도의 구분이 없어
졌다. 땡볕 아래 모여 선 사람들은 전광판으로 영결식으로 보느라 길게
목을 뺐다. 그동안에도 그의 소박한 모습을 담은 사진들이 인터넷에 올
라왔다. 발가락 양말을 신은 모습과 비행기에서 기압 조절을 하는 익살
맞은 모습까지 사진을 보는 동안 울기도 하고 웃기도 했다. 벌써부터
나는 그가 그리웠다. 길에서 만난 나이 든 어느 분의 충고처럼 우리는
죽음 앞에서야 삶을 이야기한다. 우리는 눈물이 나올 때마다 노랑 풍선
을 불었다. 풍선을 부는 동안에는 울컥해진 마음이 차분해졌다.

풍선이 뻥뻥터졌다
내 속의 무언가도 터졌다
권력을 국민에게 준 사람
나는 그를 사랑했다

경복궁을 빠져나온 운구 차량이 광화문을 지날 무렵 운집했던 사람
들의 무리가 반으로 갈라졌다. 그는 바로 우리 코앞을 천천히 지나갔
다. 쌍꺼풀을 한 익살스러운 모습은 그가 여전히 살아 있는 듯한 착각
에 빠지게 했다. 나는 삶과 죽음이 조금의 재봉선 티도 없이 자연스럽

게 마무리된 장관 앞에서 두 눈을 크게 떴다. 헬륨이 든 풍선들이 하늘 높이 날아갔다. 우리가 입으로 분 풍선들이 차도로 떨어졌다. 풍선이 자동차 바퀴에 밟히면서 뻥, 뻥 소리를 내며 터졌다. 나는 그날 내 속의 무언가도 덩달아 터져버렸다고 생각한다. 사람들이 던진 노란 비행기는 어쩌면 그의 마을 봉화산을 봄이면 노랗게 물들였을 산수유 꽃처럼 천천히 낙화했다. 그는 우리의 풍선을, 비행기를 사뿐히 즈려밟고 마지막 길을 갔다.

그가 서민 출신이었다는 것은 중요하지 않다. 그는 한때 많은 것을 가질 수 있는 위치에 있었다. 그는 그가 얻은 기득권을 스스로 버렸다. 그의 재임 시절 그를 무능하다고 깎아내리기에 바빴던 언론 보도들이 떠오른다. 역설적으로 그가 대통령으로 이룬 성과가 바로 이것이다. 그 이전이라면 대통령을 향한 이런 평가나 말은 상상할 수도 없었다. 그는 그가 가진 권력을 국민들에게 돌려주었다.

거리를 가득 메운 사람들이 강처럼 그의 뒤를 따라 흘렀다. 가끔 분노에 찬 목소리가 불거지기도 했지만 많은 사람들은 그가 남긴 마지막 유언처럼 누구도 원망하지 않았다. 유난히 분실물이 많은 하루였다.

어느 어머니는 슬픔에 젖어 지체장애를 앓고 있는 스무 살 아들의 손을 놓쳤다고 했다. 지갑이나 가방을 분실하는 것은 예삿일이었다.

다른 말은 다 따르겠지만 운명이다, 라는 말만은 수긍하지 않겠다. 그의 삶 또한 운명을 거슬러 온 것이 아닌가. 그 말만은 수정해야 한다.

평소 소박하고 허탈했던 그는 죽음 또한 무거운 격식에서 내려놓았다. 사람들 하나하나가 정성스레 쓴 울긋불긋한 만장들이 그의 뒤를 따랐다. 때로 그는 그를 보내기 싫어하는 인파에 갇히기도 했다. 그는 언젠가 우리 속으로 뚜벅뚜벅 걸어 들어왔던 것처럼 우리 사이를 뚜벅뚜벅 걸어 떠나갔다. 서울역으로 가는 길에서 나는 셔츠의 단추 하나가 떨어져 나갔다는 것을 알았다. 솔직히 고백하겠다. 나는 그를 사랑했다.

:: **하성란**
서울 출생. 1996년 서울신문 신춘문예 등단. 소설집 『루빈의 술잔』, 『푸른수염의 첫 번째 아내』, 장편 『식사의 즐거움』, 『삿뽀로 여인숙』, 『내 영화의 주인공』 외. 「동인문학상」, 「한국일보문학상」, 「이수문학상」 수상.

그 큰 깃발 홀로 흔들다가…
- 고 노무현 대통령 영전에

정 태 규 (소설가, 부산작가회의 회장)

그를 처음 실제로 본 것은 아마 1995년도 무렵 부산 시장 선거 유세가 한창이었던 때로 기억된다. 구포시장 근처를 우연히 지나다가 단상 위에서 연설을 하고 있는 그를 보았다. 그러거나 말거나 나는 무심히 지나치려 하였다. 아니 무심한 정도가 아니라 속으로 냉소를 지었다. 당시에도 정치에 대한 지독한 혐오증에 빠져 있었던 터라 정치가들의 어떤 화려한 수사도 입에 발린 소리로밖에 들리지 않을 때였다. 그가 아무리 5공 청문회 당시 예리하고 명쾌한 논리와 언변으로 5공 인사들을 사정없이 몰아부친 장본인이라 하더라도 말이다.

그러나 그가 단상 위에서 토해내는 열정적인 연설에 나는 문득 발이 묶이고 말았다. 그가 소리 높여 외치는 말은 자신을 시장으로 뽑아 달라는 것이 아니었다. 정치권의 비주류인 자신을 선출하는 것이 고질적으로 고착된 지역주의와 분파된 제도권 정치를 벗어던질 첫걸음이 될 것이라고 그는 말하고 있었다. 이마에 굵은 주름살을 가진 조그만 체구의 그가 그리는 그림은 매우 큰 것이었다. 나는 어느새 그의 연설에 빠져 들고 있었다.

그는 그 해 시장 선거에서 모든 이들의 예상대로 낙선했다. 그의 큰 그림을 받아들이기엔 우리들의 가슴이 너무 좁았고 주류 정치권의 벽은 너무도 높았다. 그러나 그의 이름은 내 가슴에 인상적으로 남았다.

내가 정치인에 대해서 개인적인 관심을 가지게 된 것은 그것이 처음이었다.

그는 이후에 민주당 대통령 후보에 당선되고, 그리고 드디어 대한민국 대통령이 되었다. 그리고 국회에서 탄핵 대상이 된 최초의 대통령이 되었다. 또한 그 탄핵 정국을 특유의 돌파력으로 극복해내었다. 그 모든 과정을 통해 그가 보여준 것은 처음 내가 보았던 그 인상과 다르지 않았다. 임기 내내 주류 정치권과 언론의 집중포화를 맞으면서도 그는 결코 기득권들이 휘두르던 그 더러운 수단을 사용하지 않았다. 남북으로, 동서로, 양극화로 종착되어있는 갈등과 분열을 풀어내고자 했던 처음의 큰 그림을 그는 결코 포기하지 않았다.

대한민국 역사에 있어 그런 큰 그림을 그린 정치인이 누가 있었던가. 그 진정한 가치를 위해 온몸을 던져 헌신한 이가 과연 누가 있었던가. 현재엔 누가 있는가. 앞으로 그런 정치인이 대한민국에 다시 나타날 수 있을까. 그의 영전에서 새삼 이런 물음으로 가슴이 아프다. 주류 정치권과 더러운 언론이 그를 물어뜯을 때 우리는 그의 진정성을 의심하지 않았던가. 그의 큰 그림의 구도가 실현되는 것을 무서워하는 세력이 끊임없이 훼손해온 그의 이미지에 우리도 얼마만큼의 책임은 없는가. 그런 생각으로 또 가슴이 아프다. 후회는 언제나 한 발짝 늦게 오고 뒤돌아보면 이미 돌이킬 수 없는 것이 되어 있다. 그리고 남은 것은 길고 긴 조문 행렬과 수없이 펄럭이는 만장뿐이라는 것, 그 사실도 우리를 슬프게 한다.

경찰의 벽 뒤에 숨어, 검찰의 어두운 밀실에서 작동하는 구시대적 정권에 대한 악몽이 되살아나고 있는 지금이다. 그가 그토록 힘들게 세워 놓았던 진실의 탑은 구시대적 정권에 의해 악의적이고 조직적으로 무너지고 있다. 그가 앞으로 밀었던 민주주의의 수레바퀴는 거꾸로 돌아가려 하고 있다. 지금 우리가 기억해야 하는 것은 그의 웃음과 열정과 진정성을 잊지 말고 저 흔들리는 탑을 다시 세우는 일이요, 뒤로 가는 수레바퀴를 앞으로 다시 돌리는 일이다. 지금 '슬픔의 힘을 옮겨서 새 희망의 정수박이'에 들이 붓는 일이다.

그립다. 그 큰 깃발 홀로 흔들다가 찢겨진 기폭과 함께 떨어져내린 사람. 내 유일하고 영원한 대통령, 그가 그립다. 그의 소박한 웃음, 이마의 굵은 주름살이 그립다.

:: **정태규**

부산일보 신춘문예 당선. 「부산소설문학상」, 「향파문학상」 수상. 작품집 『집이 있는 풍경』, 『길 위에서』. 현재 부산작가회의 회장.

석양대통령

이 상 섭 (소설가)

세상에, 어쩌다가 이런 일이. 정말 이건 아니다. 헌데 사상 초유의 전직 대통령이 바위에서 몸을 던지다니. 뉴스를 듣는 순간 마치 박찬호의 직구로 가슴을 강타당한 듯 얼얼했다. 그리고 며칠 내내 먹먹한 가슴만 해댔다. 서둘러 조문을 위해 분향소로 달려갔지만 나는 결코 그러고 싶지 않았다. 도저히 서거 소식을 믿고 싶지 않았다. 아니, 인정할 수 없었다. 그러다가, 그러다가 끝내 나 또한 신동엽 시인을 떠올리며 눈물을 뿌리고야 말았다.

시인은, 스칸디나비아 어느 고장의 석양대통령은 딸아이 손을 잡고 칫솔 사러 나오고, 자전거에 막걸리를 싣고 시인 집에 놀러가기도 한다고 했던가. 신동엽 시인에겐 얼마나 그런 대통령을 갈망했기에 이런 시를 남겼을까. 근데 정말 시인이 기다리던 대통령이 우리에게 나타났지 않았나. 손녀를 태우고 동네슈퍼에서 아이스크림을 사주고 싸구려 담배를 물기도 하고 한 순박한 대통령이. 마을 이장처럼 고향 사람들과 어울려 농사를 짓고 친환경적 마을을 가꾸던 대통령이. 곁에 두고도 우리는 그런 대통령을 알아보지 못했다. 그를 떠나보내고 나서야 알았다. 그가 바로 우리가 간절히 갈망하던 석양대통령이었다는 사실을.

당신은 시대를 잘못 태어났다. 아니, 당신은 이 땅에 너무 일찍 나타났다. 최고의 권좌에 올랐어도 탈권위적이었던 당신. 진정 가진 자의 편이 아니라 못 가진 자를 향해 열려 있던 마음. 그런 서민을 위해 일했던 위대한 바보를 이 정권은 눈엣가시처럼 여겼겠지. 그러니 그의 치적이 정권의 발목을 잡는 촛불로 되살아나는 게 두려웠을 것이다. 싹을 완전히 없애버리고 싶었을 것이다. 안 그러고서야 표적수사를

하면서 그를 바위 끝까지 밀어붙일 리가 없겠지.

아, 몹쓸 사람들. 그대들은 정권 유지에 눈이 어두워 역사의 오점을 남겼구나. 수백 년간 이어질 수치를 남기게 되었구나. 아, 이제야 알겠다. 그간 당신이 얼마나 힘들어 했는가를. 당신의 참마음이 무엇이었던가를. 당신이 꽃잎처럼 바위에서 몸을 던졌다는 비보를 들었을 때에야 비로소 우리는 마음의 눈을 떴다. 우리가 당신을 미워한 게 아니라 사랑하고 있었다는 것을.

당신의 육신은 떠났지만 결단코 그대는 떠나지 않았다. 당신은 우리의 가슴에서 다시 살아나고 있다. 보이지 않는가. 멈췄던 민주주의와 정의의 수레바퀴가 다시 움직이기 시작하는 것을. 그러므로 당신은 결코 죽지 않았다.

당신은 몸을 던지는 순간 우리의 영원한 석양대통령이 되었다. 아, 그리운 사람. 내가 죽을 때까지 잊지 못할 사람. 내가 너무너무 사랑한 사람, 노.무.현.

:: **이상섭**
경남 거제 출생. 1998년 국제신문 신춘문예, 2002년 제5회 창비신인소설상을 수상하며 문단활동. 소설집 「슬픔의 두께」, 「그곳에는 눈물들이 모인다」. 「부산소설문학상」, 「부산작가상」 수상. 현재 부산 해운대관광고등학교 교사.

당신은 참으로 아름답게 한 생을 살았습니다

- 고 노무현 전 대통령의 영전에

정 대 호 (시인, 대구작가회의 회장)

2009년 5월 23일 아침을 먹다가 라디오에서 흘러나오는 당신의 서거 소식을 들었습니다. 갑자기 귀가 먹먹해지고 가슴이 답답했습니다. 사실이 아니기를 잘못된 말이기를 바랐습니다만 그것은 사실이 되었습니다. 우리는 이 시대의 커다란 정신적 별을 하나 잃어버렸습니다. 하늘이 무너지는 슬픔입니다. 24일쯤부터 글 하나를 쓸려고 했습니다만 내 스스로의 감정을 정리하지 못해 차마 쓸 수가 없었습니다. 오늘 이렇게 늦게나마 추모하는 글 하나 써 봅니다.

당신은 참으로 아름답게 한 생을 살았습니다. 이 글을 쓰고 있는 저는 한 번도 당신을 만나본 적도 가까이 한 적도 없습니다. 그러나 당신이 우리 현대사의 민주화 여정에 고비마다 꼭 필요한 자리에서 해야 할 일을 하고 있을 때, 때로는 가슴조이며 지켜보았습니다. 참으로 아름답다는 것은 겉으로 화려한 것을 말하지 않습니다. 마음속에 오래 삭이며 두고두고 돌이켜 그 맛을 음미할 수 있는 것입니다. 일찍이 이런 아름다움을 육사는 그의 시 「절정」에서 말했습니다. "겨울은 강철로 된 무지개"라고 했습니다. '강철로 된 무지개'는 어떠한 외적 상황에서도 변하지 않는 견고한 아름다움이며, 부드럽고 온화한 것이 아니라 섬뜩하면서도 강열한 아름다움입니다. 이런 아름다움은 자연환경

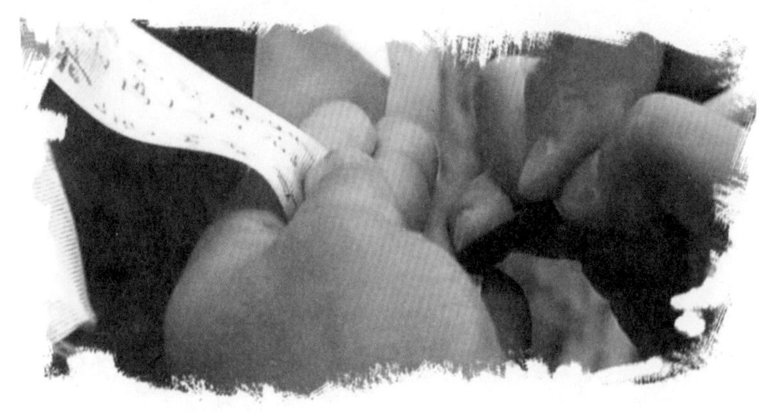

이 태탕하게 아름다운 봄날을 살면서 얻을 수 있는 것이 아닙니다. 시련과 고난으로 가득 찬 겨울의 추위에 맞서 당당하게 살아가면서 얻는 것입니다. 육사는 스스로 독립운동을 하면서 자주 옥고를 치르며 이러한 아름다움의 가치를 발견했던 것입니다. 당신은 이 아름다움의 가치를 일찍부터 알고 있었습니다. 그래서 1981년부터 인권변호사로 활동했습니다. 당시의 인권 변호사는 단지 변호하는 것으로 끝나는 것이 아니라 정보부로부터 직접적인 탄압의 대상이었습니다. 1987년에는 대우조선 이석규 노동자 사망 사건에 개입하여 제3자 개입으로 구속되기도 했고 현대중공업 노동운동에도 참여했습니다. 이는 당신이 변호사이기 때문에 당신의 도움을 필요로 하는 곳에 당신이 할 수 있는 것을 함께 나누어 준 것입니다. 그리고 1992년과 1995년에 부산에서 민주당 후보로 국회의원과 부산시장 선거에 출마하여 낙선했습니다. 사람들은 이를 아름다운 패배라고 합니다. 당시 경상도는 여당, 전라도는 야당이라는 지역구도라서 이에 맞서 이를 깨려는 노력이었습니다. 비록 패배했다 하더라도 많은 득표율을 올려 사람들은 당신의 용기 있는 도전에 대해 박수를 보냈습니다. 당신의 이익을 위해 쉬운 길을 간 것이 아니라 옳은 것이라면 해야 한다는 정의의 편에 섰기 때문에 그 패배는 아름다운 것이었습니다. 겨울에 핀 꽃이 더 귀하고 아름답습니다.

그리고 당신은 참으로 행복하게 살아왔습니다. 먼저 당신은 배우자를 비롯하여 모두 좋은 가족들을 만났습니다. 당신이 어려운 길을 선택하여 살면 가족도 함께 어렵게 살아야 했습니다. 당신이 인권변호사로 사찰대상이 되면 가족도 또한 준 사찰대상이 됩니다. 당신이 남을 위해 나누어주면서 살면 가족들은 주머니가 비어집니다. 당신이 어려운 정의의 길에 서서 살아가면 가족들도 함께 가시밭길을 걸어야 합니다. 그럼에도 평생을 함께 살아갈 수 있는 가족들을 만났다는 것은 인생의 크나큰 행운입니다. 사람들은 차이점도 많지만 보편적인 것이 더 많습니다. 대체로 자신의 이익에 민감하고 자신의 안락을 먼저 추구합니다. 그러고 보면 살아가면서 누구나 이런 문제로 인생의 오점을 남길 수 있는 것입니다. 때로는 이런 것들이 당신이 살아가는데 방해

＊＊ 당신은 참으로 아름답게 한 생을 살았습니다. 이 글을 쓰고 있는 저는 한 번도 당신을 만나본 적도 가까이 한 적도 없습니다. 그러나 당신이 우리 현대사의 민주화 여정에 고비마다 꼭 필요한 자리에서 해야 할 일을 하고 있을 때, 때로는 가슴조이며 지켜보았습니다.

가 되고 장애가 될 수도 있었습니다. 그러나 당신은 당신의 길을 꿋꿋이 살아왔습니다. 이는 가족들의 도움 없이는 어렵습니다. 이런 점에서 당신은 참 좋은 가족들을 만났습니다.

다음으로 당신은 참으로 좋은 주변 사람들을 두었습니다. 이번에 당신 주변의 비리로 구속되었다는 사람들 가운데 몇몇만 봅시다. 먼저 창신섬유 강금원 회장을 봅시다. 그는 아무 조건 없이 당신과 당신 주변 사람들을 도왔습니다. 그리고 오해를 받을까봐 당신 재임기간 중 자신의 사업을 조금도 더 확장하지 않았습니다. 평생을 살면서 이런 후원자를 얻을 수 있는 사람은 거의 없습니다. 또 당신의 청와대 시기 청와대 살림을 도맡았다는 정상문 집사를 한번 봅시다. 그는 대통령의 판공비를 아껴 쓰고 남겨 당신의 퇴임 후에 당신을 위해 쓰려고 통장에 보관하고 있다고 죄를 지었다고 합니다. 제가 알고 있기에는 판공비는 통상적으로 급료로 알고 있습니다. 또 대다수의 사람들이 그렇게 생각하고 있습니다. 대한민국에는 판공비를 받아쓰는 무수한 사람들이 있습니다. 지방자치단체의 장과 공관의 장 등. 그 모든 사람들을 보십시오. 판공비를 급료라고 생각하지 않는 사람들이 누가 있습니까. 또 이 돈을 아껴 쓰고 남는 것을 국고에 반납하는 사람이 누가 있습니

까. 주군을 위해 조금씩 아껴 뒷날에 쓰도록 마련해 두었다면 이는 아름다운 미덕입니다. 이 이기적인 자본주의 사회에 이런 집사를 둘 수 있는 사람은 없습니다. 옆에서 보면 아름다운 인간관계입니다. 이를 가지고 법에 따라 무엇을 말하는 사람들은 좀팽이들입니다. 아마 당신 같은 집사를 두지 못한 질투의 투정일 것입니다. 이 나라에서 판공비를 써 본 사람 혹은 쓰는 사람 가운데 양심에 손을 얹고 당신과 정집사의 관계를 비난할 수 있는 사람은 아무도 없습니다. 그 좀팽이들의 말에 신경 쓰지 마십시오. 법은 사람 사는 사회를 만들기 위해서 존재하는 것이지 아름다운 인간관계마저 파괴하기 위해 존재하는 것은 아닙니다. 그런 법이 있다면 지킬 필요도 없는 것이지요. 저는 평생을 살면서 이런 집사를 가져본다면 어떤 도덕적 법률적 비난을 받아도 행복하다고 말하겠습니다. 제가 가진 무엇을 주어도 아깝지 않을 것입니다. 그리고 당신을 위해서 물심양면으로 도와주는 노사모회원들을 보십시오. 이렇게 헌신적인 자발적 지원자들을 가질 수 있다는 것은 인생에 커다란 축복입니다.

끝으로 지난 5월 23일 이후 순례지를 찾아 봉하마을로 모여드는 당신의 지지자들을 보십시오. 저는 24일 새벽 1시쯤 봉하마을에 들렀다가 3시쯤 나왔습니다. 새벽 3시인데도 음식을 준비해서 시간도 넉넉하게 가족들과 혹은 친구들과 봉하순례지를 찾아 모여드는 사람들을 보고 커다란 감동을 받았습니다. 당신의 무엇이 이토록 사람들의 마음을 움직이는지 저는 알고 있습니다. 당신이 가진 것을 당신은 늘 아낌없이 나누어 주었기 때문에 다른 사람들도 당신을 위해 나누어주고 있는 것이지요. 이 순례자들이 자원봉사자가 되고 이름을 밝히지 않는 후원자들이 꽃과 물 등 필요한 용품들을 후원한다고 합니다. 쓰고도 남는다고 합니다. 사람들 가운데는 많이 가져도 쓸 것이 모자라는 가난한 사람이 있고 가진 것이 없어도 쓰고 남는 풍요를 누리는 사람이 있습니다. 당신의 삶이 가진 것이 없어도 이렇게 풍요로운 부를 누릴 수 있다는 것을 보여주었습니다. 마음이 가난한 자가 천국을 얻은 것이지요.

당신은 참으로 인생을 아름답게 사는 것이 무엇인지 가르쳐 주었습니다. 힘들고 어려운 곳에 자신을 던져 희생하며 온힘을 모아 열정적으로 사는 것이 어떤 것인지 가르쳐 주었습니다. 그때마다 때로는 박수를 쳐 지지를 보내고 때로는 무모하다 싶어 가슴을 조이게 했습니다. 힘들고 어려운 곳에 온몸을 던져 불사를 수 있다는 것은 어떤 화려

＊＊ 당신은 참으로 인생을 아름답게 사는 것이 무엇인지 가르쳐 주
었습니다. 힘들고 어려운 곳에 자신을 던져 희생하며 온힘을
모아 열정적으로 사는 것이 어떤 것인지 가르쳐 주었습니다.

한 꽃보다 아름다운 것이지요. 어떤 농염한 꽃보다 향기로운 것이지
요. 당신이 추구하여 실천했던 정치개혁이나 사회적 가치들이 때로는
성공을 하여 이 땅의 민주화와 인간화에 많은 기여를 했고 때로는 실
패하여 비난을 받기도 했을 것입니다. 그러나 이들은 모두가 가치 있
는 이 땅의 자산이지요. 성공했던 것은 계속하여 발전시켜야 하는 것
이고 실패했던 것은 다시 돌이켜 새로운 모색을 해야 하는 것입니다.

이제 남은 것은 다른 사람들의 몫이라 생각하시고 고이 잠드십시
오. 옛 이야기에 죽은 공명이 산 중달을 이겼다는 것이 있습니다. 당신
은 봉하마을에 영면하시어 조용히 눈 감고 지켜보십시오. 이제 남은
사람들이 이 땅을 보다 성숙한 민주사회로 만들어 갈 것입니다. 고인
의 영전에 삼가 이 애도의 글을 올립니다. 이제 모든 것을 잊고 저승길
을 편안히 가십시오.

– 멀리서 당신을 지켜보아온 한 사람

:: 정대호

경북 청송 출생. 1984년 《분단시대》로 작품활동. 시집 「다시 봄을 위하여」, 「겨울산을 오르며」, 「지상의 아름
다운 사랑」, 「어둠의 축복」. 평론집 「작가의식과 현실」, 「세계화 시대의 지역문학」, 「현실의 눈, 작가의 눈」
등. 현재 대구작가회의 회장.

당신 때문에 민주주의에 대해 곱씹어 봅니다

전 강 수 (대구가톨릭대학교 교수)

노무현 대통령님,

끝장을 보고야 말겠다는 기세로 검찰이 수사를 한정 없이 이어가는 것을 지켜보면서, '이러다가는 일 나지. 혹 노 대통령이 죽음을 선택하지는 않을까?' 하는 생각이 언뜻 뇌리를 스친 적이 있습니다.

머릿속을 얼핏 스쳐간 생각이 눈앞의 현실이 되어버린 지금, 놀람과 안타까움과 슬픔이 뒤범벅이 되어서, 당신께 담배 한 대 드리고 술 한 잔 올리는 심정으로 이 글을 씁니다.

노무현 대통령님,

저는 당신이 어떤 세상을 그리고 계신지 직접 여쭤본 적은 없습니다만, 당신이 취하신 정책과 당신이 보여주신 삶을 통해 어렴풋이 짐작할 수는 있습니다.

당신은 반칙과 특권과 불로소득이 사라지고 국민 모두가 균등한 기회를 보장받는 정의로운 사회, 서울과 지방이 고르게 발전해서 지방이 이유 없이 차별받지 않는 균형발전 사회, 분배와 성장이 상호촉진적으로 이루어지는 동반성장의 사회, 생각이 달라도 얼마든지 자기 생각을

표현하고 자유롭게 행동할 수 있는 참된 민주주의 사회를 만들어보려
고 애쓰셨다고 생각합니다. 당신은 이런 사회가 바로 '사람 사는 세
상' 이라고 믿었겠지요.

노무현 대통령님,
이런 사람 살만한 세상 만들어보려고, 당신은 (제 관심 분야 정책만 열거하
더라도) 행정수도 건설, 혁신도시 건설, 보유세 강화 정책 추진, 부동산
시장 투명화, 공공임대 주택 공급 확대, 복지지출 확대 등 기념비적인
경제정책들을 추진하셨습니다. 이런 정책들을 펼치실 때, 저는 정치인
이라면 누구나 그 정도 정책은 다 수행할 수 있는 줄 알았습니다. 그래
서 그 정책의 부족한 부분이 드러날 때 기본 방향에 동의하면서도 야
멸찬 비판을 가하기도 했습니다.

그러나 그런 정책은 당신처럼 이 땅을 '사람 사는 세상' 으로 만들
려는 소명을 가진 정치인이 아니고는 아무나 할 수 있는 일이 아니라
는 사실을, 당신이 퇴임하신 후에야 깨닫게 되었습니다. 당신이 값없

이 우리 국민들에게 선물하신 자유와 민주주의도, 정권이 바뀌고 나서야 얼마나 소중한 것이었는지 알게 되었습니다.

노무현 대통령님,
종부세를 도입해서 보유세 강화라는 오랜 숙원을 이루고자 했을 때 이 땅의 부동산 권력들의 저항을 지켜보시면서 얼마나 답답하셨습니까? 그들이 조작해낸 '세금폭탄론'이 일반 국민들에게까지 먹혀드는 것을 지켜보시면서 얼마나 안타까우셨습니까? 역대 정부 최고의 부동산 정책을 시행하고도 참여정부 부동산 정책이 실패했다고 고백해야만 했을 때는 또 얼마나 억울하셨습니까?

이 땅의 기득권층은 물론이고 중산층과 서민, 그리고 지방 주민들까지 매몰차게 당신과 참여정부를 외면할 때 얼마나 참담하셨습니까? 멀쩡한 경제를 살리겠다고 나선 대통령 후보에게 몰표를 안겨주고, 뉴타운 건설해서 투기 조장하겠다는 국회의원 후보들을 대거 당선시키는 국민들을 지켜보시면서 얼마나 실망하셨습니까? 이명박 정부가 보유세 강화 정책이나 지방 균형발전 정책 등 참여정부 핵심 정책을 모조리 뒤집어 버릴 때 얼마나 분노하셨습니까?

＊＊ 당신은 반칙과 특권과 불로소득이 사라지고 국민 모두가 균등한 기회를 보장받는 정의로운 사회, 서울과 지방이 고르게 발전해서 지방이 이유 없이 차별받지 않는 균형발전 사회, 분배와 성장이 상호촉진적으로 이루어지는 동반성장의 사회, 생각이 달라도 얼마든지 자기 생각을 표현하고 자유롭게 행동할 수 있는 참된 민주주의 사회를 만들어보려고 애쓰셨다고 생각합니다. 당신은 이런 사회가 바로 '사람 사는 세상'이라고 믿었겠지요.

노무현 대통령님,

우리가 당신을 죽게 만들었습니다. 당신의 죽음과 함께 '사람 사는 세상'의 꿈도 죽었습니다. 그래서 당신의 죽음은 곧 대한민국의 죽음입니다.

대한민국의 미래를 생각하면 절망감이 눈앞을 가리지만, 부디 이 죽음 이후에 우리 국민들이 민주주의와 정의, 기회 균등과 약자 보호의 의미를 깊이 깨닫게 되기를 바랄 뿐입니다. 그리고 먼 훗날 우리 후손들은 당신이 이 땅의 대통령이셨다는 것을 자랑스럽게 여기게 되기를 간절히 소망합니다. 그 일이 없이는 기득권층과 일반 국민 모두에게 외면당한 당신의 아픈 마음이 어떻게 위로받겠습니까?

노무현 대통령님,

그 동안 정말 애쓰셨습니다. 이제 평안히 쉬십시오.

전강수 배상

:: **전강수**
대구가톨릭대학교 교수. 토지정의시민연대 정책위원장

이웃을 떠나보내는 마음

이응인 (시인)

26일, 봉하마을 분향소에 다녀왔습니다. 토요일 오전에 그 충격적인 소식을 들은 뒤부터 안타까운 마음 한 쪽에서는 이럴 수가 있나 하는 억울함이 비집고 들었습니다. 그러다 시간이 지날수록 '어떻게 살 것인가?' 하는 질문을 나도 모르게 자꾸만 하고 있었습니다.

진영공설운동장 주차장에 승용차를 세워 두고 줄을 서서 봉하마을로 가는 셔틀버스에 올랐습니다. 마을 들머리에 내려서 분향소까지는 제법 걸어가야 했습니다. 길 따라 나지막한 산이 완만하니 길게 이어졌고, 물을 담은 논들이 모내기를 기다리고 있었습니다.

길은 봉하마을로 향하는 사람들, 조문을 하고 나오는 사람들로 가득 찼습니다. 어린 아이를 안고 온 젊은 부부들, 유모차를 밀고 가는 아저씨, 청소년인 자녀와 함께 온 가족들, 학교 마치고 온 듯한 교복 입은 중학생·고등학생들, 친구들끼리 온 듯한 이십대 젊은이들, 퇴근 길로 보이는 넥타이를 맨 삼십대, 중간중간 핸드폰으로 사무 연락을 하는 자영업자들, 젊은 아가씨들, 오륙 십 대로 보이는 아주머니들, 머리 희끗희끗한 아저씨들. 참으로 다양한 이들이 조문을 위해 마을로 가고, 또 나오고 있었습니다.

그들은 하나같이, 동네 버스 정류장이나 시장통이나 슈퍼마켓에서 만났을 법한 낯익은 얼굴들이었습니다. 휴일 날 체육공원이나 마을의

＊＊ 권위를 앞세우고 약한 이들을 억압하는 권력을 무너뜨리려고 당신은 무진
애를 썼지요. 당신 스스로 그 권위를 내던지던 모습이 지금도 또렷합니다.
그런데 당신이 허물고자 했던 폭력적인 권력 앞에 당신이 무너졌습니다.

정자에서 만났을 법한 얼굴들이었습니다. 고급 승용차 뒷 자석에 앉아
있을 법한 사람들이 아니었습니다.

우리의 이웃인 서민들, 민중들의 모습이었습니다. 아, 당신의 죽음
을 안타까워하는 이들이 바로 이들이구나. 당신을 못 잊어하는 이들이
바로 이들이구나. 서민 대통령, 당신이 애태우고 걱정하고 함께 하고
자 했던 이들이 바로 이들이었지요. 당신은 이들의 이웃집 아저씨로
남고자 하셨지요.

분향소에 이르러 국화꽃 한 송이 놓고 묵념을 올렸습니다. 당신의
그 환한 표정이 마음을 더 찡하게 울렸습니다. 나오면서 방명록에 안
타까운 마음을 한 줄 남기고 돌아서니 또 다른 줄이 있었습니다.

마을 어른 한 분이 "배고플 긴데 식사 하고 가시이소. 줄이 좀 길어
보여도 금방 됩니다." 이렇게 외고 있었습니다. 밥 먹고 갈 짬이 안 나
는 이들을 배려한 것인지 떡도 준비해 놓았습니다. 떡을 받아들고 나
오면서 위엄과 권위라고는 찾아볼 길 없는 이 서민적인 태도에 갑자기
목이 꽉 메어왔습니다. 거기에는 당신의 마음도, 당신을 보내는 마을
주민들의 마음도, 자원봉사자들의 마음도 그대로 녹아 있었습니다.

날은 저물어 어두워지는데, 나오는 이들보다 들어오는 이들이 더

많아졌습니다. 퇴근길에 멀리서 오느라 늦은 모양입니다. 그렇게 많은 사람들이 오고가는데, 거리는 깨끗했습니다. 길 중간 중간에 생수를 가져가게 해 놓았지만 굴러다니는 빈 통은 보이지 않았습니다. 빈 통이나 쓰레기를 모을 수 있도록 군데군데 비닐봉지를 매달아 놓았고, 국화꽃 한 송이를 꽂아 놓는 배려까지 돋보였습니다. 조문을 마친 이들은 다시 마을 들머리까지 걸어 나와 버스를 타기 위해 줄을 섰습니다. 길이 막혀서인지 버스는 금방금방 오질 않았습니다. 줄을 서서 한참을 기다려서 십 분이면 갈 수 있는 거리를 한 시간이 넘게 걸려 돌아오면서도 모두들 질서를 잘 지켰습니다.

하루에 수십만의 인파가 몰려드는데도 이렇게 차분한 가운데 조문이 이루어지고 있었습니다. 스스로 질서를 지키고, 상대의 입장을 배려하고 양보할 줄 아는 힘, 이제 우리도 이 정도 되었구나 하는 생각이 절로 들었습니다. 지시와 억압으로 억지스레 만들어낸 힘이 아니라 서로를 살펴가며 만들어낸 힘, 이 힘이 우리 민주주의를 지켜온 힘이구나. 법으로 강제하지 않아도 스스로 만들어나가는 힘이구나. 불법시위가 우려된다고 경찰버스로 광장을 가로막는 이들에게 시민들은 이렇게 몸으로 답을 해 주고 있었습니다.

권위를 앞세우고 약한 이들을 억압하는 권력을 무너뜨리려고 당신은 무진 애를 썼지요. 당신 스스로 그 권위를 내던지던 모습이 지금도 또렷합니다. 그런데 당신이 허물고자 했던 폭력적인 권력 앞에 당신이 무너졌습니다. 지금 먼 길을 걸어 여기까지 찾아온 이들은 권력으로 밀어붙이고 뜻이 통하지 않으면 억압과 독선으로 몰아가는 이들에게 묵언으로 말해주고 있습니다. 민주주의는 국민과 함께 가는 길이라는 것을. 뒷 걸음질 친 민주주의를 되돌리는 일에 저마다 나서야 한다는 사실을. 늦은 밤까지 추모의 물결 이어지는 봉하마을 뒤로 소리 없이 흐르는 낙동강은 영원할 것입니다. 그러니 이제 편히 쉬소서.

:: **이응인**
1987년 무크지 《전망》으로 작품활동. 시집 『투명한 얼음장』, 『따뜻한 곳』, 『천천히 오는 기다림』, 『어린 꽃다지를 위하여』. 현재 밀양 세종중학교 교사.

謹 故노무현 前대통령 국민장 분향소

노무현, 운명으로서의 죽음

장은주 (영산대학교 교수)

"자신을 사랑하면 세상을 사랑하게 되고, 세상을 사랑하면 세상에 대한 분노를 하게 된다." (출처 : 「나를 사랑한다, 그래서 세상에 분노한다. 대통령 노무현, 〈화려한 휴가〉 보고 울다」, 오연호 리포트: 인물연구 노무현 7, - 오마이뉴스)

도무지 이해할 수가 없었다. 명예를 지키기 위한 자살임에는 틀림없어 보였다. 비열한 정권의 '법치' rule of law라는 탈을 쓴 '법을 수단으로 한 (억압적) 지배' rule by law의 압박 때문에 자신의 삶 전체가 부정당하고 조롱당하는 현실 앞에서 그도 결국 한 나약한 인간으로서 달리 선택할 길이 없었다고 이해해 보고자 했다. 그래도 그건 아니었다. 평생을 자의식 강한 '바보'로 살아오면서 씩씩하게 버티어 왔던 강인한 사람이 그 혐오스러운 전두환 따위에게서 '좀 더 꿋꿋했어야 했다'는 핀잔을 들어야 할 정도로 나약했을 리가 없다.

정치적 타살임에도 분명하다. 우리 사회는 정말이지 얼마 전까지 대통령이었던 사람조차도 자신의 위엄을 지키기 위해서는 자신의 목숨을 걸어야 할 정도로 잔인하고 야비한 사회임에 틀림없다. 이명박 대통령과 권력의 하수가 된 정치검찰, 그리고 수구언론들의 야비하고도 집요한 공격에 그도 더 이상은 버틸 수 없었던 게다. 그러나 그런 종류의 공격을 하루 이틀 당한 것도 한두 번 당한 것도 아닌데, 그가 아무런 방어도 하지 못한 채 그렇게 맥없이 무너졌을 것이라곤 믿기지 않았다.

어떤 사람은 그 죽음을 '소신공양' 燒身供養이란다. '순교'라고도 한다. 사랑하는 가족과 측근들을 위해, 국민들을 위해, 위기에 처한 민주주의를 위해, 혼돈에 빠진 역사가 제대로 방향을 잡도록 하기 위해 살신성인을 했다는 것이다. 그러나 나 같이 비종교적인 사람에게는 그런 종교적인 이해가 어쩐지 거북하다. 더구나 역사 속에서 종교적으로 이해된 정치가 때때로 끔찍한 결과를 낳기도 했다는 점을 기억한다면(예컨대 이슬람 근본주의자들의 자살테러), 그런 이해가 반드시 그 죽음의 숭고함을 더 평가하게 해 줄 것 같아 보이지 않았다. '노무현 열사'는 어딘가 이상했다.

며칠을 생각하고 이해해 보려고 애썼다. 아무래도 내겐 그 죽음은 역시 자신의 표현대로 '운명'인 것 같다. 그리고 이 운명으로서의 그의 죽음을 우리가 좀 더 제대로 이해해 낼 때 우리는 그를 더 잘 떠나보낼 수 있을 것 같다. 운명으로서의 죽음은 어떤 오이디푸스의 죽음 같은 것이 아니다. 사주팔자에 정해진 그런 죽음은 더 더욱 아니다. 그것은 자신을 진정으로 사랑한 사람만이 선택할 수 있는 죽음이다. 어떻게 하는 것이 자신의 삶을 아름답게 하는 것인지를 아는 자의 치열한 죽음이다.

자신을 사랑한다는 것, 그것은 단순히 초라한 자기연민이 아니다. 그것은 비로소 '자기가 되기'를 선택하는 것이고 '자기를 배려'하는 것이다. 남이 던져 준 삶, 남이 틀 지워 놓고 강요한 그런 삶이 아니라, 자기가 주인이 되고 자기가 주인공이 되어 자기가 엮어가는 삶을 살아가는 것, 그런 것이 자기에 대한 사랑이다. 그러나 인간은 혼자서는 자기가 될 수 없다. 인간은 문화적이고 역사적인 진공 속에서 살지 않는다. 다른 사람들과의 관계 속에서 그리고 그들과의 만남과 상호인정의 지평 속에서 비로소 자기가 될 수 있다.

그러나 바로 그렇기 때문에 우리는 아무나 쉽게 자기로서의 삶을 살아갈 수가 없다. 왜냐하면 우리는 자기가 되려는 그 과정 속에서 끊임없이 타인의 응시를 받고 그래서 그 시선을 두려워하고 결국 그 시선의 노예가 될 가능성이 너무 크기 때문이다. 그래서 우리는 대부분 다른 사람의 욕망을 갈망하고 다른 사람의 의지를 의욕하며 다른 사람의 가치를 자기 것으로 추구하면서도 자기의 삶을 산다고 착각한다. 참으로 자기의 삶을 사는 사람, 자기가 주인공인 삶을 살려는 사람은 당연히 그런 함정에 빠져서는 안 된다. 그러나 그것은 무척 힘든 일이다. 그것은 무엇보다도 세상과의 불화를 의미하기 때문이다.

그런 함정에 빠지지 않겠다는 다짐과 결의는 삶에서 그저 단순한

안일과 행복 같은 것을 추구해서는 안 된다는 것을 의미한다. 그런 다짐과 결의는 말하자면 어떤 세속적인 의미의 구원 또는 해탈을 꿈꾸는 삶을 살겠다는 것을 의미한다. 그리하여 끊임없는 긴장 속의 삶을 받아들인다는 것을 의미한다. 세상의 기준, 대개는 돈 많고 힘 센 타인들의 시선이 만들어 낸 삶의 틀을 거부해야 한다는 것을 의미한다. '주류'에 속하기를 기꺼이 거부해야 한다는 것을 의미한다. 그래서 세상의 멸시와 배제를 각오해야 한다. 때때로 '바보'가 되어야 한다. 자신만의 '진정한' 삶을 산다는 것은 이처럼 무턱대고 세속적 보상 같은 것을 기대하지 않으면서 산다는 것을 의미한다. 오히려 세상에 대해 분노하고 세상과 싸울 수밖에 없다. 그런 싸움의 노정, 끊임없이 새롭게 점검되고 다듬어져야 할 그런 싸움의 기획, 바로 그것이 자기를 사랑하고 자기를 배려하며 자기의 삶을 살려는 사람의 운명이다.

물론 이렇게 세상과 불화하는 삶에 대한 추구가 세상으로부터의 도피나 자기만의 세상 속에 유폐되기 위한 것은 아니다. 자기를 사랑하는 사람은 타인의 인정이나 세상의 평가를 무시하는 사람이 아니다. 다만 바보 노무현이 말했듯이 불의에 타협하지 않고도 자신의 삶이 성공하고 자기를 실현할 수 있기를 바랄 뿐이다. 오히려 자기를 진짜로 사랑하는 사람은 누구보다도 다른 사람들을 사랑한다. 왜냐하면 그 자기에 대한 사랑은 다른 사람의 사랑 없이는 성립할 수 없기 때문이다. 자기를 배려한다는 것은 타인을 존중한다는 것이기 때문이다.

어떤 사람은 권세나 돈을 통해 자신을 뽐낼 수 있을지는 모르지만 남으로부터 존중을 받을 수는 없다. 그는 시기나 원한의 대상일 뿐이다.

그의 영예는 나의 수치심이기 때문이다. 타인을 나와 똑같은 존엄성을 가진 존재로 존중하는 사람만이 타인으로부터 진정으로 존중받을 수 있다. 그리고 그 바탕에서만 나는 나를 사랑할 수 있다. 그래서 자기를 사랑하는 사람은 '존엄의 평등'이 실현되는 사회, 다름 아닌 '사람 사는 세상'을 꿈꾸고 실현하기 위하여 노력한다. 바로 어느 날 자기를 사랑할 수 있는 사람으로서 살고자 결심했던 인간 노무현의 운명이다.

그러나 자기의 삶을 살려는 사람이 겪는 세상과의 불화는 단순히 그의 주관적인 불화가 아니다. 세상과의 불화는 바로 '남의 영예를 나의 수치심으로만 받아들이는 사람들', 존엄의 평등이 무엇인지 모르기에 남을 존중할 줄 모르는 사람들, 자신을 뻐기고 싶어 하기는 해도 자기를 사랑할 줄 모르는 사람들, 우리가 흔히 '속물'이라고 부르는 그런 사람들과의 불화다.

속물들은 자신만의 진정성 있는 삶의 차원을 모른다. 따라서 자기를 사랑할 줄도 배려할 줄도 모르고, 그리고 바로 그래서 남을 존중할 줄도 모른다. 그저 남들이 몇 평짜리 아파트에 사는지 무슨 자동차를 타고 다니며 어떤 명품으로 치장하고 다니는지에만 관심을 갖는다. 어쨌든 중요한 것은 세상의 중심이나 상층부에 무슨 수를 쓰더라도 자리를 차지하는 것이다. 그 중심이나 상층부에 속하지 않는 삶은 사람의 삶이 아니라고 여기기 때문이다. 그래서 그들은 발가벗고서라도 그 중심이나 상층부로 가는 끈을 어떻게든 붙잡으려 한다. 뻔뻔해질 수밖에 없다. 부끄러움 따위를 알아서는 안 된다. 그리고 자기보다 더 힘세고 더 가진 사람에게는 한 없이 비굴하면서도 기본적인 '인간에 대한 예의' 같은 것을 갖출 리가 없다. 자신들이 닮고자 하는 남들은 언제든 밟고 일어서야 할 경쟁자로 여기면서 자신들이 배제하고 무시하는 못난 남들의 응시는 그저 가련한 시기와 원한의 표현으로만 받아들인다. 낯 두꺼운 몰렴과 무치, 그것은 그들의 출세와 성공을 위한 훈장이다. 새디스트적 비열함과 잔인함, 그것은 그들의 영광을 확인하는 전리품이다. 그러나 그들은 자신들의 따돌림과 무시와 모욕이 얼마나 다른 사람들을 아프게 하는지를 전혀 느낄 수 없는 인간-맹旨이다.

안타깝게도 그들로부터 늘 무시당하고 모욕당하는 사람들도 다름

아닌 그들과 같은 사람이 됨으로써, 스스로 속물이 되려함으로써 그
무시와 모욕을 벗어나려 했다. 그래서 '부자 되세요' 라는 인사가 나왔
다. 그래서 너도나도 부동산 투기며 펀드 열풍에 가담했다. 또 그래서
사람들은 무턱대고 자신들을 부자 만들어 주겠다는 누군가에게 투표
했다. 이명박 정권은 그렇게 탄생했다. 이제 어떤 토탈-스놉의 사회가
도래했다. 결국 인민demos이 스스로를 지배하는 데모크라시가 아닌 속
물들snob이 지배하는 스노보크라시snobocracy가 바보 노무현 같은 사람
이 불화해야 하는 사회의 정치적 형식이 된 것이다.

　이런 상황에서는 노무현 같은 사람에게는 사는 것이 곧 죽는 것이
요, 죽는 것이 곧 사는 것이다. 세상과 불화하지 않는 삶은 자신의 삶
을 사는 것이 아니다. 그것은 죽은 삶이다. 반대로 제대로 죽어야만,
세상과 극단적으로 단절해야만 자신을 사랑할 수 있다. 그래야만 자신
의 삶을 존엄한 것으로 만들 수 있다. 삶의 의미와 가치를 지킬 수 있
다. 그저 살아남는 것이 그 자체로 의미가 되고 가치가 될 수는 없다.
그저 편안한 삶, 그저 즐거움으로만 넘치는 삶도 무의미하고 무가치한
삶이다. 그런 삶은 동물도 사는 삶이다. 물론 우리의 존엄성은 동물로
서의 존엄성일 뿐이지만, 그러나 바로 그래서 우리는 죽음을 통해서
도, 때때로는 오직 죽음을 통해서만, 존엄한 존재가 될 수 있다. 특히

우리 사회와 같이 인간-맹들이 주류를 형성하고 있는 사회에서는, 자신들의 새디스터적 비열함과 잔인함을 전혀 자각하지 못하는 '빨대' 검사들이나 기자들 같은 '악의 평범하고 자발적인 집행자들'이 아무런 죄의식도 없이 억압적 권력을 휘두르는 곳에서는, 그것은 거의 불가피하다. 사즉생, 곧 죽어야 사는 것은 그래서 바보 노무현에게는 운명이었던 것이다. 그것은 바로 어떤 '피안적彼岸的 재세', 곧 이 세상을 떠나서도 이 세상에 영원히 남는 길이었다.

노무현의 자살은 운명이다. 그러나 그의 죽음은 정확히 소크라테스의 죽음 같은 것이다. 사람들이 자신을 돌보지 않고 살고 있음을, 그래서 자신들과 나라를 모두 망치고 있음을, 게으른 말에 붙어 다니는 등에처럼 윙윙거리며 깨우치는 것을 자신의 운명으로 생각했던 소크라테스, 그러나 바로 그 때문에 당대의 주류와 권력자들의 미움을 받았고 동료 시민들로부터 오해를 받았던 소크라테스, 그러나 악법도 법이라고 믿어서가 아니라 자신의 삶을 너무도 사랑했기 때문에 그리고 자신의 운명적 정체성을 지키기 위해 삶을 포기하고 기꺼이 독배를 마셨던 소크라테스, 인간 노무현은 바로 오늘 이 땅의 소크라테스인 것이다.

그래서 우리가 그것에 대해 미안해하거나 원망해서는 안 된다. 그저 슬퍼해서도 안 된다. 다만 우리는 그의 죽음에서 제대로 배울 것을 배울 일이다. 누구든지 진정한 삶, 가치 있는 삶을 살고자 하는 사람은 다 자살해야 한다는 것이 아니다. 우리 모두가 노무현이 될 수는 없다. 무엇보다도 우리 대부분은 노무현처럼 아름답게 자살할 자격이 없다. 노무현처럼 뜨겁게 자신을 사랑하며 세상과 불화하고 또 그래서 세상을 바꾸기 위해 싸웠던 그런 삶을 살아오지 못했기 때문이다. 우리 대부분에게 죽음은 운명이 아니기 때문이다. 그의 죽음은 다만 못난 우리가 이제 어떤 삶을 운명으로 받아들여야 하는지를 깨닫게 해 주고 있을 뿐이다.

아직 자신의 삶을 사랑하고 진짜로 배려해 본 적이 없는 우리에게는 죽음이 아니라 제대로 된 삶을 사는 것이 운명이다. 진짜로 자기를 사랑하는 진정성 있는 삶을 사는 것이 운명이다. 그렇다면 우리는 이제 저 속물적 지배체제의 노예가 되지 말고 자신의 삶의 주인으로서 살 수 있어야 한다. 그러나 그런 삶은 남을 깔보는 데서 자신의 우월함을 확인하는 삶이 아니라 다른 사람을 존중하고 존엄의 평등이 실현되는 사람 사는 세상을 만들기 위해 애쓰며 사는 삶이다. 무엇보다도 우리의 이 욕지기나는 스노보크라시가 신성하고 절대적인 것으로 선전하는 '한갓된 삶'을, 그저 비루하기만 한 '생존'을 거부하는 삶이다.

소크라테스 또는 노무현은 말한다. '단지 사는 것이 아니라 잘 사는 것이 문제다.' 경쟁에서 도태되어 살아남지 못할 수 있다는 식의 불안에 사로잡혀 그저 살고자 그들의 노예가 되고 그들에게 그 불안의 의식을 착취당하지 않을 수 있는 삶을 살아야 한다. 그저 살고자만 하면 우리는 존엄한 삶, 사람다운 삶을 살 수 없다. 우리의 삶이 어떻게 존엄한 삶이 될 수 있는지, 잘 사는 삶이 어떤 삶인지, 우리의 '차세적此世的 초월'은 어떻게 가능할 수 있을지 끊임없이 묻고 반성할 때에만 우리는 우리에게 운명인 삶을 제대로 살 수 있다. 노무현 대통령의 운명적 죽음은 바로 사람 사는 세상은 결국 단지 우리 자신들만이 만들 수 있다는 것을 깨우치려 했던 것이다.

쌩 큐, 노무현! 굿 바이, 노무현

:: **장은주**
영산대학교 법과대학 교수. 독일 프랑크푸르트 대학 철학 박사. 주요 논문으로는 「문화적 차이와 인권」, 「유교적 근대성과 근대적 정체성」, 「한국 근대성의 정당성 위기」, 「인권의 보편성과 인도적 개입의 정당성」 등이 있고, 저서로는 「생존에서 존엄으로」, 공저 「다원주의, 축복인가 재앙인가」, 「니체가 뒤흔든 철학 100년」 등이 있다.

봉화마을에 다녀왔습니다

김헌일 (소설가)

봉하마을에 다녀왔습니다.

회사에서 출발하여 진영공설운동장에 도착한 것이 오후 2시였습니다. 꽤 넓은 공간이었지만 주차공간을 찾느라 한동안 어려움을 겪어야 했습니다. 햇살은 한여름이 무색하리만치 따가웠습니다. 주차장 저만치에 긴 대열이 보이더군요. 봉화마을 행 버스를 타려는 사람들의 행렬이 100여 미터는 늘어져 있었습니다. 40분여 뙤약볕 아래서 땀을 흘린 끝에 버스에 올랐습니다. 그리고 보통 때라면 10분이면 달려갈 길을 30분여를 걸려 도착했습니다.

차에서 내리자 또 다른 사람의 행렬이 시야를 가로 막았습니다. 한 젊은 아주머니가 등에는 아이를 업고 한쪽 손에 다른 아이를 걸리며 그 행렬을 따라 갔습니다. 평범하다 못해 초라하기까지 한 할머니 할아버지, 경북이며 전북에서 관광버스를 타고 온 사람들. 그들은 고개를 늘어뜨리고 봉화마을까지 1 킬로미터 남짓의 길을 걸어갔습니다. 스님들은 줄을 지어 걸어갔고 수녀 신부들의 모습도 자주 눈에 띄었습니다.

명색이 소설을 쓰리라고, 시대를 앞서 가리라고 자처했던 저만해도 가슴의 사무침을 참다못해 나온 길이었는데 저 사람들도 마찬가지였으리라 생각하니 가슴이 저며 왔습니다. 사람들의 표정은 한결같이 굳어 있었습니다. 슬프다 기 보다 어안이 벙벙한 표정이었습니다. 그저 마음이 시키는 대로 나서긴 했지만 자신이 나선 길이 무슨 길인지 무엇을 뜻하는 것인지 실감나지 않는 듯했습니다.

분향소에서 30분여 줄을 서서 기다린 끝에 제단 앞에 섰습니다. 제단 한 켠에 담배갑과 타다만 담배꽁초가 수북이 쌓여있더군요. 그것을 보는 순간 눈물이 쿡 치솟아 올랐습니다. 하마터면 울음보를 터트릴 뻔도 했습니다. 손수건으로 몇 차례 눈언저리를 닦아내고 나자 가슴은 가라앉았습니다. 새삼 저는 눈물 한 방울 남아있지 않은 황량한 가슴을 안고 살아가는 삭막한 사내라는 사실을 깨달아야 했습니다.

분향소 뒤쪽에는 사저가 있었습니다. 그들은 아방궁이라고 했습니다. 그러나 아방궁은커녕 허름한 창고 같은 모습이었습니다. 사각의 납작한 나무상자 서너 개를 엎어놓은 모양의 그것은 너무나 볼품없었고 초라했습니다.

사저 뒤편에 그것이 있었습니다. 부엉이 바위 말입니다. 바위를 바라보는 제 가슴에 만감이 교차했습니다. 바위 끝에 서서 그는 무슨 생각을 했을까? 소년 시절의 꿈과 추억이 아직도 선명했을 그 바위를 뛰어내리던 순간, 그의 심정은 어땠을까? 지상에서의 마지막 순간에 찾았던 담배 한 대. 담배 한 대 피워 물 만한 행복도 주어지지 못한 박복한 사내라는 생각에 가슴이 또다시 먹먹해졌습니다.

＊＊ 분향소에서 30분여 줄을 서서 기다린 끝에 제단 앞에 섰습니다.
제단 한 켠에 담배갑과 타다만 담배꽁초가 수북이 쌓여있더군요.
그것을 보는 순간 눈물이 쿡 치솟아 올랐습니다.

　그 엄청난 비극을 간직한 부엉이 바위는 턱없이 평범했습니다. 그다지 높지도 않았고 험악하지도 않았습니다. 그런데 그것이 한 인간의 목숨을 앗아갔습니다. 한 민족에게 또 하나의 비극을 안겨준 살인기구가 되고 말았습니다. 아닙니다. 그를 죽인 것은 바위가 아니었죠. 그를 죽인 것은 느닷없이 암울한 수십 년 전의 상황으로 되돌아간 저급한 시대였습니다. 탐욕과 위선으로 가득 찬 권력자와 오직 그의 다사로운 눈길과 은총만을 갈망하던 주구들이었습니다. 노무현의 자살은 타살입니다.

　21세기에 일어난 어처구니없는 사화士禍의 비극적 희생자였습니다. 반대파에 대한 철저하고도 확실한 숙청이 없고는 자신의 안위를 확신할 수 없었던, 수백 년 전 사화가 오늘 이 시대에 되살아 난 것입니다.

　오늘도 덕수궁 앞 빈소엔 경찰차가 진을 치고 있답니다. 그 널찍한 시청 앞 광장은 조성 취지에 어긋난다 하여 꽁꽁 틀어막고 있답니다. 일개 병사가 죽었다 해도 이럴 수는 없습니다. 우습습니다. 세상 돌아가는 꼴이 너무나 어처구니가 없어 나오는 게 웃음뿐입니다.

:: **김헌일**
　전북 전주 출생. 1986년 「부산문화방송 신인문학상」, 계간 《한국소설》 등단. 소설집 「회색강」, 「부산소설문학상」 수상.

당신은 가장 아름다운 대통령이었습니다.

배재경 (시인)

노무현 전 대통령께서 서거하셨다. 우리 민족사에 가장 편협적인 대통령, 그 편협적인 고집의 정치를 통해 남과 북도 모자라 동/서로 양분된 지역의 차별과 이타심들을 해소하고자 앞만 보고 살아가셨던 그분이 돌아가셨다.

아침 찬거리를 사러 동네슈퍼에 들렀다가 텔레비전에서 흘러나오는 속보를 보는 순간 둔치를 맞은 양 아득히 정신이 없다. 이게 무슨 일인가 —— 이게 —— 제발 오보이기를 바랬는데 —— 당신은 그렇게 국민들에게 허망함을 안겨주고 쓸쓸히 가셨다.

당신이 떠나고 당신이 마지막으로 머물렀던 봉하마을을 연거푸 찾아간다. 당신을 향한, 끊임없는 추모의 물결들은 날이 갈수록 폭과 깊이를 더하여 당신이 머문 그 땅이 온통 울음의 바다가 되고 있음을 본다. 마지막으로 당신을 배웅한 부엉이 바위는 묵묵히 그 자리에서 마치 허허 웃고만 있는데 ——

무엇이 우리들을 이토록 슬프게 만드는가? 한 사람의 주검 앞에서 왜? 우리들은 통분하고 있는가? 도대체 노무현, 당신이 국민들에게 뭘

어쨌길래 "지켜주지 못한 미암함"으로 잠 못 들게 하는가? 또 이곳을 찾아온 당신들은 무엇 때문에 머리를 조아리고 슬퍼한단 말인가? 아! 허무함이여. 내가 아닌 당신이 가셨는데 —— 왜 우리 모두는 뜨거운 심장을 난도질당한 아픔을 느낀단 말인가?

노무현, 나는 당신을 '정치인 노무현'이 아닌 '인간 노무현'으로 좋아했다. 물론 당신의 행보는 정치를 하면서 국민들에게 인기를 얻었고 또 진정성을 획득하였었지만, 바로 그러한 행보에 묻어나는 특별함(아주 친근한 보통사람의 이미지)들이 말없는 대중들에게 감동을 안겨주었으리라. 이곳 봉하를 찾는 많은 사람들이 지금껏 보여준 권위적인 대통령의 이미지와는 너무도 동떨어진 이웃아저씨, 삼촌, 이웃 할아버지의 이미지와 대의를 위해서는 타협보다는 눈앞의 피해가 고스란히 보이는데도 불구하고 정면 돌파해가는 그 고집불통의 철학이 믿음을 배가시켰으리라.

이제 그러한 당신의 철학을 만날 수 없음이 안타깝다. 그러나 이곳 봉하마을의 수많은 인파들을 보면서 나는 당신은 죽은 사람이 아니라 다시 태어난 사람임을 확인한다. 당신을 보기 위해 저 동구 밖에서부

노무현 대통령님

2009. 5. 27

노무현 대통령님

2009. 5.

터 서너 시간을 족히 기다려 차례로 당신 앞에 머리를 조아리는 경건함. 어깨를 들썩이다 그만 참지 못하고 끝내 울음을 터트리는 사람들. 그들이 뱉어내는 깊은 한숨들 속에서 당신은 새롭게 새롭게 태어나고 있음을 발견한다.

햇살이 집으로 돌아가고 밤이 되면서 당신에게 오는 길은 펄럭이는 만장과 함께 수많은 촛불들이 놓여있다. 당신에게 가는 걸음걸음 마다 놓여 진 그 촛불의 의미를 되새기며 다시 집으로 돌아가는 길 —— 귓가를 맴도는 당신의 말 하나

"너무 슬퍼하지 마라.
삶과 죽음이 모두 자연의 한 조각 아니겠는가.
미안해 하지마라.
누구도 원망하지 마라.
운명이다."

아! 당신이 던진 우리 사는 세상의 '화해' 가 하루빨리 이루어지기를 —— 다시는 당신같은 불행한 주검의 역사는 되풀이 되지 않기를

소원하는 밤이다.

딸아이를 업고 마을 입구 공단 밖에 세워 둔 자동차를 찾아가는 길
새벽 2시가 넘었는데에도 사람들은 계속 밀려들고
하늘엔 별들이 촘촘하다. 내 걸음은 자꾸 허방에 빠져들고 ——

그대, 고요히 잘 가소서! 당신은 가장 아름다운 대통령이셨습니다.

:: **배재경**
경북 경주 출생. 1994년 계간 《문학지평》 등에 작품을 발표하며 문단활동 시작. 시집 『절망은 빵처럼 부풀
고』, 《부산시인연대》 대변인.

아! 당신은 깊고도 넓은 바다,

아! 나는 '님'을 보내지 아니하였습니다.

故노무현 前대통령 국민장 분

밤새 부엉이는 부엉부엉 울고 있는데.......

당신이 던져주신 새싹들이 하루가

다르게 성큼 성큼 커갑니다.

'바보 노무현 바보 세상' 바로보기 **탄생**

초판인쇄 | 2009년 6월 15일   **초판발행** | 2009년 6월 20일
펴낸이 | 배재경   **펴낸곳** | 도서출판 **작가마을**   **편집** | 조훈아   **인쇄** | 선은인쇄사   **제본** | 광명제책사
등록 | 2002년 8월 29일(제 02-01-329호)
주소 | (121-841)서울시 마포구 서교동 448-38 한일B/D 302호   T.(02)333-2598   F.(02)333-1849
　　　부산사무실 /(600-012)부산시 중구 중앙동 2가 24-3 남경B/D 303호
　　　T.(051)248-4145, 2598 F.(051)248-0723   전자우편 / seepoet@hanmail.net

© 2009. ISBN 978-89-90438-65-2   03810
정 가 / 12,000원